Wie gefällt ihnen dieses Buch?

Wir würden uns über eine Rückmeldung freuen, um zu erfahren, ob das Buch hilfreich war und Freude bereitete.

Weitere Wortsuche ind:

Um andere interessante Wortsuche von Bernstein zu finden, können Sie unter:

Spielanleitung:

• Die seitlich aufgelisteten Wörter sind im Raste nicht einfach zu sehen. Sie müssen jedes Wort innerhalb des Rasters in der Liste finden und umkreisen.
• Die Wörter wurden in den folgenden acht verschiedenen Richtungen versteckt: vorwärts, rückwärts, vertikal, horizontal und diagonal.

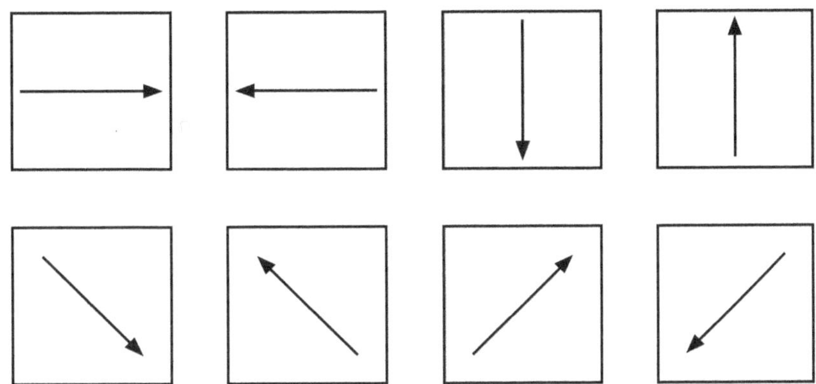

• Wörter können sich überlappen und kreuzen.
• Wenn Sie ein Wort aus der Liste finden, kreisen Sie das Wort innerhalb des Rasters und in der Liste ein, damit Sie wissen, dass das Wort fertig ist.
• Die Lösung für jedes Rätsel finden Sie am Ende des Buches.

1.

O	Z	K	R	M	P	I	S	T	I	K	T
R	A	L	E	B	L	U	M	I	G	A	J
Z	U	H	G	E	A	Q	Y	P	S	B	I
R	S	Z	U	D	N	R	E	F	E	I	L
A	D	L	E	I	K	U	T	U	M	N	U
W	A	A	Z	L	E	B	R	I	E	E	V
H	U	N	G	O	D	L	E	K	O	U	O
C	E	E	A	S	I	A	D	T	H	S	W
S	R	T	L	R	T	C	N	D	O	Y	S
A	V	O	H	M	O	H	I	W	E	N	B
C	I	N	C	B	R	E	K	M	E	V	T
N	D	K	S	B	I	N	N	A	M	O	R

LACHEN
LIEFERN
BLUMIG
ROMAN
SOLIDE
SCHWARZ
KABINE
SCHLAGZEUGER
PLANKE
KINDER
UNMUT
BETONT
KNOTEN
AUSDAUER
EDITOR

2.

J	X	P	R	Ä	Z	I	S	E	Z	A	E
R	E	W	H	C	S	N	W	M	D	M	L
N	E	R	H	U	H	E	D	I	K	I	Z
O	U	D	M	T	U	D	R	D	H	L	Z
Y	X	N	R	Z	L	N	E	R	A	K	U
D	V	E	L	T	N	A	T	A	N	H	P
A	H	H	V	U	Z	T	H	S	E	G	O
Q	M	Ü	U	D	N	S	C	T	N	I	T
B	V	L	S	R	I	E	O	I	H	L	Z
A	M	G	I	E	R	B	T	S	Ä	I	T
X	W	I	M	V	P	M	N	C	G	E	I
H	C	S	I	D	I	E	N	H	H	I	S

TOCHTER
PRÄZISE
VERDUTZT
PRINZ
DRASTISCH
BESTANDEN
GÄHNEN
UHREN
PUZZLE
SCHWER
SITZT
KLIMA
GLÜHEND
NEIDISCH
EILIG

3.

X	R	E	D	I	L	O	S	L	N	K	T
L	E	Z	D	X	A	E	T	I	E	R	M
V	T	K	H	C	R	R	I	E	M	Q	K
U	I	L	E	H	A	T	Y	G	M	L	R
D	E	X	A	G	E	A	D	E	O	I	E
M	B	J	E	N	V	G	L	N	K	N	I
H	R	N	A	H	I	I	S	D	E	I	S
O	A	L	K	T	G	W	T	E	B	K	S
D	P	M	S	Q	D	O	M	A	I	N	H
P	A	N	T	P	R	E	I	S	E	L	R
R	Ü	R	E	T	I	E	W	E	J	R	E
G	N	V	G	E	I	S	T	I	G	U	K

TRAGEN
KREATIV
GÜNSTIG
WEITER
LIEGEND
BEKOMMEN
JAHRE
REISE
SEILE
ARBEITER
SOLIDE
DOMAIN
PLANET
GEISTIG
KREIS

4.

N	T	Z	T	I	S	J	T	J	Y	I	M
E	A	P	X	Q	P	M	L	B	E	J	F
N	E	S	I	E	R	K	O	I	V	P	N
H	R	E	U	E	F	T	H	C	U	E	L
Ä	G	L	I	E	T	N	R	E	T	L	E
G	A	R	S	L	A	L	E	F	M	G	E
Z	H	N	Ö	I	R	S	D	Ü	U	L	S
N	Ä	O	R	ß	O	S	E	H	I	E	I
G	U	O	S	G	E	R	I	R	D	C	Z
F	L	E	F	A	T	R	W	E	U	K	Ä
I	D	N	O	L	B	N	L	R	T	E	R
C	H	E	M	I	K	E	R	T	S	R	P

TAFEL
PRÄZISE
CHEMIKER
REISE
GÄHNEN
STUDIUM
GÄNSE
WIEDERHOLT
FÜHRER
LECKER
BLOND
GRÖßER
ELTERNTEIL
SITZT
LEUCHTFEUER

5.

B	O	G	E	N	S	C	H	Ü	T	Z	E
V	Y	R	Y	B	A	M	E	G	A	R	F
M	Ä	G	N	U	R	E	I	L	O	S	I
S	S	T	U	K	G	I	T	S	I	E	G
O	Ö	C	E	T	L	I	S	U	D	A	S
T	R	O	H	R	S	T	M	R	L	C	E
H	T	G	L	L	Ü	I	E	G	H	X	R
N	S	D	O	R	Ö	I	N	A	W	S	V
E	N	R	Z	S	G	S	U	A	Q	M	I
S	O	E	A	U	D	E	S	D	I	S	E
O	M	X	E	G	R	O	S	E	B	P	R
R	N	N	W	E	R	F	E	N	R	I	T

SORGE
PIANIST
WERFEN
ISOLIERUNG
SCHAUER
NEUGIERDE
VÄTER
BOGENSCHÜTZE
SERVIERT
MONSTRÖS
SCHLÖSSER
STÜRZE
GEISTIG
ROSEN
FRAGE

6.

E	T	A	M	O	T	S	Q	E	O	F	F
A	Z	N	F	J	C	V	B	O	K	M	S
R	I	S	P	H	F	U	I	H	R	C	A
U	E	B	Ä	O	A	V	C	E	H	T	A
E	R	F	L	R	C	I	Z	L	A	N	U
N	E	G	T	Ü	L	H	Ä	Z	T	E	S
R	G	K	E	F	H	F	E	R	O	T	Z
E	J	K	Ö	E	R	E	Ä	N	Q	E	U
V	S	H	S	I	H	U	N	Q	T	P	G
U	X	A	G	J	M	R	A	D	S	M	O
O	G	I	N	E	W	L	T	N	E	O	X
G	A	F	L	I	N	D	E	R	N	K	A

GEEHRT
KOMPETENT
TRÄUME
GEREIZT
LINDERN
POCHEN
HÖFLICH
SCHLÄFRIG
BLÜHEND
AUSZUG
TRAUBE
GOUVERNEUR
WENIG
TOMATE
SCHÄFER

3

7.

I	L	R	Q	S	W	A	N	D	E	R	N
F	A	E	E	D	A	R	E	K	S	A	M
B	M	D	N	P	Q	T	I	O	Q	R	T
R	U	N	U	N	R	G	G	Z	S	U	L
A	A	Ä	X	U	I	Y	I	B	A	H	I
U	T	L	P	D	Z	P	T	L	Y	T	E
N	J	P	R	H	F	I	S	R	P	E	B
O	E	Ü	O	F	Y	N	I	Z	S	N	E
N	W	V	E	S	R	Ä	L	U	G	E	R
A	F	D	P	R	O	T	O	K	O	L	L
I	E	S	C	H	U	L	T	E	R	N	B
R	O	R	S	P	R	I	T	Z	I	G	W

SPRITZIG
BRAUN
SPINNE
FEDER
LÄNDER
SCHULTERN
MASKERADE
WÜRDIG
PROTOKOLL
LISTIG
REGULÄR
RUHTEN
WANDERN
TRUPPEN
LIEBER

8.

B	S	E	E	S	F	D	L	O	B	O	K
A	L	I	T	Y	D	I	M	N	C	Z	U
M	S	N	T	M	J	R	I	J	E	U	R
H	C	S	E	B	U	E	A	R	B	U	L
A	H	T	K	O	G	B	S	U	E	L	A
L	W	E	A	L	G	T	X	T	ß	L	D
L	E	L	J	B	Ö	H	R	S	J	E	E
E	S	L	O	R	S	O	U	I	U	N	N
S	T	E	E	U	P	A	S	E	M	A	I
Q	E	N	C	M	A	U	T	G	B	L	M
K	R	I	I	L	E	J	N	Z	O	F	P
H	C	I	E	R	L	H	A	Z	I	N	Q

SYMBOL
HALLE
SCHWESTER
GEIST
KOBOLD
ZAHLREICH
FLANELL
DRAUßEN
ZERSTÖREN
JUMBO
EINSTELLEN
KETTE
IMPORTEUR
ABSATZ
DENIM

9.

R	Ü	P	P	I	G	S	H	C	A	L	F
S	E	N	A	T	O	R	T	M	M	C	S
F	K	T	H	D	S	H	E	R	I	C	R
L	L	C	T	K	Q	F	U	B	E	H	Y
A	K	A	E	I	L	M	E	Q	A	I	R
S	E	A	S	I	B	R	C	L	K	Q	B
C	G	H	P	T	E	E	N	H	O	R	D
H	L	O	U	I	W	R	S	B	W	P	F
E	O	D	T	V	T	A	D	P	S	S	Ä
K	F	S	M	A	G	E	G	U	Y	I	L
R	E	I	B	E	N	N	L	E	C	A	L
R	E	D	I	E	L	K	G	I	N	D	E

FLACH
REIBEN
ÜPPIG
LASTWAGEN
BEREITS
FOLGE
FLASCHE
DROHNE
SENATOR
FÄLLE
KLEIDER
BITTER
KAPITEL
DREIECK
TREIB

10.

A	T	T	M	Ä	H	C	S	E	B	C	P
D	A	E	E	F	F	A	K	M	S	L	N
M	U	C	S	E	L	I	G	P	A	N	L
G	I	R	F	N	U	Z	L	N	E	A	E
R	E	L	C	T	H	C	E	K	K	A	K
A	Z	I	E	H	L	T	N	O	Z	R	S
B	I	S	H	Ä	N	A	L	A	O	E	U
S	L	O	Y	L	D	Ä	R	Q	K	S	M
T	O	L	J	T	H	E	S	P	S	S	A
E	P	L	A	S	M	O	D	S	Q	E	I
I	F	T	N	A	H	S	N	R	T	B	P
N	B	E	K	N	I	Z	W	E	C	K	E

ENTHÄLT
KAMERA
KAFFEE
DURCHNÄSST
POLIZEI
MUSKELN
SOLLTE
ZWECKE
BESSER
GRABSTEIN
PLANET
LOKAL
SELIG
BESCHÄMT
DANKEN

11.

H	S	E	T	P	M	S	K	N	W	E	Y
R	E	L	T	A	I	C	R	E	J	F	T
E	M	I	I	P	M	H	I	ß	C	K	R
L	X	E	R	R	U	W	E	E	X	L	E
M	G	T	T	I	H	I	G	I	A	E	N
M	E	Q	L	K	Ö	M	E	N	H	I	Ö
A	W	U	H	O	F	M	R	E	C	N	H
S	O	Ä	O	S	L	B	I	G	S	E	C
E	R	L	W	E	I	Ä	S	L	U	R	S
A	F	E	B	A	C	D	C	E	A	T	R
I	E	N	O	I	H	E	H	N	T	N	E
C	N	D	I	N	F	R	A	U	E	N	V

VERSCHÖNERT
HÖFLICH
QUÄLEND
APRIKOSE
TRITT
KLEINER
GENIEßEN
SCHWIMMBÄDER
TEILE
FRAUEN
SAMMLER
GEWORFEN
TAUSCH
OBWOHL
KRIEGERISCH

12.

Y	G	I	T	S	R	U	D	R	D	I	A
W	N	U	T	Z	E	N	Ä	N	Q	G	N
M	Ä	B	O	W	O	I	A	Z	E	E	I
T	N	C	L	I	L	T	L	U	N	N	E
X	S	L	H	I	S	A	M	H	A	Z	B
E	U	G	M	S	M	K	Ä	E	N	L	Z
T	H	A	N	P	T	W	D	A	F	H	L
N	F	O	E	E	R	E	G	I	P	A	O
O	S	N	N	E	H	Y	O	Q	S	T	H
K	D	A	T	B	E	I	L	E	B	S	I
Y	Y	V	F	T	N	A	G	E	L	E	H
M	N	E	R	O	R	F	E	G	I	F	Z

HENGST
KONTEXT
DURSTIG
WÄCHST
STAHL
NUTZEN
LAMPEN
GANZE
STAND
ELEGANT
FAMILIÄR
BELIEBT
HOLZBEIN
ERWÄHNEN
GEFROREN

13.

P	I	D	S	B	E	R	U	P	R	U	P
A	A	W	I	N	D	E	M	J	J	F	N
R	E	Z	I	G	N	U	R	Ö	P	M	E
E	B	U	R	I	N	N	S	A	L	L	D
M	E	N	T	F	E	R	N	U	N	G	N
A	N	E	X	S	L	E	L	X	E	R	U
K	H	T	S	U	B	O	R	H	Z	U	R
I	O	U	Q	T	A	U	H	M	I	B	P
S	L	M	Ä	E	H	S	D	V	E	R	C
V	Z	R	B	I	O	G	B	A	R	U	I
V	E	E	G	L	I	E	F	E	R	N	H
G	N	V	O	I	D	A	R	P	I	N	Y

RUHIG
PURPUR
GERÄT
RUNDEN
ENTFERNUNG
ROBUST
RINNSAL
EBENHOLZ
EMPÖRUNG
LIEFERN
REIZEN
WINDE
KAMERA
RADIO
VERMUTEN

14.

R	E	H	C	S	I	F	X	G	G	K	A
A	P	V	F	Ü	H	R	E	R	M	I	Z
B	U	Y	E	W	K	B	K	H	Y	I	T
H	B	U	G	R	E	P	A	D	N	L	I
E	O	L	M	I	S	R	F	O	K	U	S
R	A	S	N	A	B	A	C	E	R	L	E
D	L	E	T	E	H	K	N	R	O	S	B
E	U	B	Z	E	O	Ö	D	D	H	T	R
L	S	H	S	N	R	N	E	N	R	A	Ü
P	T	A	O	N	H	N	Q	U	E	T	C
D	I	I	W	H	Q	T	N	S	P	U	K
E	G	Q	F	I	X	E	U	S	L	S	E

STATUS
ZEBRA
BESITZ
GEBEINE
FÜHRER
FOKUS
DREHBAR
BRÜCKE
VERSAND
LUSTIG
OSTERN
ERDNUSS
ROHRE
KÖNNTE
FISCHE

15.

L	H	Q	G	Ä	S	T	E	M	Q	L	F
E	C	A	I	K	C	Q	I	M	C	N	W
H	S	Z	H	I	Z	N	R	E	T	Ä	V
R	I	M	C	W	E	U	E	N	H	Ä	Z
R	T	A	Ä	D	L	M	X	Q	E	R	A
E	S	S	R	Z	L	N	E	I	H	C	S
I	A	C	P	K	Ü	H	L	E	R	I	O
C	K	H	S	R	E	T	Ä	P	S	L	S
H	R	I	E	S	P	I	E	L	E	S	G
N	A	N	G	H	I	N	K	E	N	S	J
I	S	E	N	E	U	A	D	R	E	V	N
K	O	N	T	E	X	T	I	Y	Y	C	W

HINKEN
SPÄTER
SPIELE
LEHRREICH
GESPRÄCHIG
SCHIEN
DENIM
VERDAUEN
KÜHLER
SARKASTISCH
GÄSTE
ZÄHNE
VÄTER
MASCHINE
KONTEXT

16.

S	J	Z	R	A	W	H	C	S	Q	T	M
P	H	P	A	R	G	O	E	G	G	H	H
M	G	R	I	Y	R	D	X	E	U	C	E
R	F	E	N	U	N	R	S	C	A	I	N
K	E	M	F	Ä	L	C	R	L	N	L	E
A	N	H	W	U	H	L	S	O	E	D	G
M	I	V	C	I	N	H	T	W	G	N	N
I	M	O	C	I	H	D	I	N	S	O	A
N	M	K	K	R	S	C	E	G	I	M	N
B	T	J	S	A	A	H	R	N	K	I	U
S	I	B	R	Ü	K	R	E	T	N	I	H
Y	X	R	D	A	V	R	B	J	O	I	G

MONDLICHT
UNANGENEHM
WÄNDE
GESCHICKT
SCHWARZ
KÜRBIS
BEREITS
CLOWN
HINTER
SICHER
GEFUNDEN
NIMMT
GENAU
GEOGRAPH
KAMIN

17.

M	A	S	R	A	P	S	S	K	S	S	D
G	A	V	Z	T	D	L	M	R	T	I	N
L	D	R	I	E	H	C	I	E	R	G	E
E	N	U	U	D	Z	P	L	I	E	N	B
I	E	E	A	N	L	K	J	D	C	A	I
C	K	S	T	A	T	U	S	E	K	L	E
H	C	I	Q	H	S	H	E	C	E	S	R
F	E	R	C	C	O	Z	U	K	N	S	H
A	T	F	H	S	N	S	F	C	O	Z	C
L	S	Q	M	E	X	P	A	I	I	T	S
L	N	I	R	X	Z	I	T	R	O	N	E
S	A	G	O	B	M	U	J	T	A	I	B

ZITRONE
FRISEUR
TRICK
STATUS
STRECKEN
ANSTECKEND
JUMBO
GLEICHFALLS
KREIDE
SCHANDE
SPARSAM
GRENZE
SIGNAL
REICH
BESCHREIBEND

18.

E	X	O	H	S	N	E	S	Q	R	A	S
T	I	S	T	O	L	Z	T	M	O	S	C
M	D	F	Z	Q	E	U	Ü	I	T	O	H
U	S	N	E	G	I	R	R	I	U	L	L
T	T	M	A	R	P	A	Z	E	T	M	O
G	I	T	E	W	S	R	E	R	L	A	S
I	L	E	I	S	E	Ü	A	H	I	H	S
L	V	A	C	T	O	G	C	L	O	C	J
I	O	S	E	S	D	C	T	H	L	S	P
E	L	D	A	D	T	X	F	L	T	E	K
H	L	K	L	E	I	N	S	T	E	I	N
B	E	H	I	N	D	E	R	N	O	W	G

SCHAMLOS
BEHINDERN
HEILIGTUM
EIFERSÜCHTIG
LEISE
STÜRZE
IRRIG
STILVOLL
KLEINSTE
PRALLEN
WELTGEWANDT
STOLZ
TUTOR
IDEAL
SCHLOSS

19.

D	Q	W	Z	S	B	Ä	C	K	E	R	A
E	E	T	I	N	E	M	O	N	Ä	H	P
F	F	N	I	N	T	I	F	C	I	X	E
E	L	K	O	V	D	U	C	G	Q	R	R
K	U	R	H	L	T	I	R	D	S	H	I
T	G	A	O	W	E	U	G	T	E	L	F
E	H	T	H	L	S	M	E	K	E	O	O
R	A	Z	P	E	Y	L	K	S	R	T	S
R	F	I	L	S	L	C	A	M	J	L	L
A	E	G	N	T	Ü	L	A	T	N	E	D
T	N	I	Z	R	K	L	E	I	D	N	C
S	U	L	I	T	E	B	A	H	P	L	A

STARRE
RÜCKKEHR
ERSTELLT
KLEID
DEFEKT
BÄCKER
PHÄNOMEN
ALPHABET
DENTAL
KRATZIG
FORMAL
FLUGHAFEN
MELONE
GRUSEL
WINDIG

20.

S	S	E	R	T	S	D	A	G	P	J	A
N	I	Z	G	O	Y	E	X	I	R	P	M
A	X	N	U	T	S	P	T	L	O	I	A
C	U	I	N	A	Y	N	X	D	T	Y	K
H	V	L	L	V	I	N	G	N	Z	H	A
A	S	B	C	E	O	Ä	L	I	I	C	B
H	O	N	M	S	S	L	T	W	G	I	E
M	L	R	I	T	O	S	L	H	K	L	R
E	F	B	E	B	E	S	U	C	H	T	Ü
N	L	A	M	V	P	F	Ü	S	M	Ö	H
X	I	T	T	B	I	T	H	N	G	R	R
I	H	N	X	V	S	A	I	P	P	E	T

SCHWINDLIG
BESUCHT
SINNVOLL
HILFLOS
BISON
GÄSTE
PROTZIG
MEINT
RÖTLICH
MAKABER
STRESS
NACHAHMEN
STÜCK
BLASE
BERÜHRT

21.

Y	W	H	R	E	G	Ä	J	S	A	W	R
R	E	B	E	I	F	L	T	E	L	M	E
T	I	P	I	E	C	H	J	G	T	H	S
N	H	U	G	R	O	A	U	Ä	A	L	S
I	R	O	D	D	U	Z	U	R	D	O	O
E	A	D	T	N	S	M	S	T	L	B	L
H	U	E	H	U	I	I	A	F	O	O	H
C	C	I	A	S	N	R	S	U	S	A	C
S	H	M	R	S	K	P	U	A	A	S	S
R	A	H	E	K	N	E	H	C	S	E	G
E	B	C	I	G	A	T	N	N	O	S	H
W	Q	S	H	S	I	T	K	E	J	B	O

AUFTRÄGE
PRIMZAHL
JÄGER
SCHMIED
ERSCHEINT
GESCHENKE
SCHLOSSER
OBJEKT
SONNTAG
WEIHRAUCH
AUSZUG
ERDNUSS
SOLDAT
COUSIN
FIEBER

22.

Z	X	N	O	S	R	E	P	S	L	A	B
L	N	L	O	B	M	Y	S	A	M	M	E
C	E	P	V	U	U	Y	C	O	W	I	R
V	H	A	U	N	Ä	H	R	E	N	M	U
E	C	L	L	G	E	G	G	S	A	N	H
R	E	Z	A	N	E	R	U	P	E	L	I
B	R	R	H	N	D	K	H	G	O	T	G
I	P	A	V	N	O	O	A	E	S	Q	E
N	S	W	S	F	B	R	J	O	K	ß	N
D	R	H	A	B	T	E	A	F	Ö	M	I
E	E	C	Y	R	H	H	J	R	K	N	U
N	V	S	E	G	C	I	G	Z	I	P	B

FOKUS
HOBBY
SCHWARZ
BERUHIGEN
VERSPRECHEN
SYMBOL
CHAOS
NÄHREN
GRÖSSE
ERTRAGEN
UMKEHREN
LACHEN
PERSON
VERBINDEN
MORGEN

23.

D	A	C	R	Q	E	F	N	S	J	H	F
N	A	E	H	A	T	L	G	E	I	S	M
E	I	D	E	U	T	G	L	I	E	J	P
D	V	U	Q	N	R	N	I	A	L	D	L
I	I	S	N	W	T	N	E	T	R	A	I
E	S	S	U	I	N	L	N	M	S	O	P
H	S	P	T	C	H	I	A	A	M	O	K
C	A	O	Z	H	Y	Z	S	N	G	O	R
S	P	N	L	T	B	S	X	V	G	E	K
T	C	T	O	I	R	V	A	T	E	R	B
N	W	A	S	G	I	N	N	E	H	E	G
E	V	N	Z	J	D	G	I	F	U	Ä	H

HYBRID
ENTSCHEIDEND
BEGANN
KORALLE
NUTZLOS
PASSIV
SPONTAN
GEHEN
HÄUFIG
ENTLANG
KOMMENTAR
UNWICHTIG
VATER
IDEEN
ROSTIG

24.

S	H	R	G	S	I	N	G	I	E	R	E
O	I	D	K	C	A	I	I	U	T	N	R
L	M	N	O	H	S	C	N	I	T	R	G
L	A	U	K	U	U	K	S	X	A	E	L
E	K	S	O	L	F	A	T	H	S	H	G
K	T	E	N	T	N	L	I	U	U	C	R
A	N	G	M	E	H	E	N	Y	P	Ä	O
M	E	N	P	R	Y	D	K	A	E	D	B
I	S	U	S	N	F	S	T	C	R	L	U
K	E	A	M	I	Q	R	I	X	Ü	I	S
S	C	H	R	E	C	K	V	N	P	R	T
U	H	I	I	M	O	I	D	I	F	G	D

ENTKAM
MAKELLOS
IDIOM
DÄCHER
GESUND
SATTE
SCHRECK
UNGESUND
SUPER
ROBUST
SCHULTERN
EREIGNIS
DRÜCKEN
KOKON
INSTINKTIV

25.

S	E	T	G	I	E	Z	S	S	A	Ü	G
R	E	D	L	Ä	W	P	M	Z	K	B	G
G	T	E	D	R	E	E	G	D	I	E	B
R	F	H	U	R	O	X	I	I	L	R	T
U	L	U	R	H	S	E	U	B	A	Z	K
E	Z	I	U	B	S	S	L	K	J	E	C
I	G	H	P	E	E	I	A	Ü	Q	U	E
N	I	O	R	U	C	R	N	P	T	G	D
E	T	S	U	H	S	G	A	E	M	T	E
G	S	K	P	B	S	S	A	T	A	O	B
N	I	I	X	T	V	N	N	F	E	I	K
I	L	V	E	R	M	Ö	G	E	N	R	I

JÜNGSTE
PURPUR
INGENIEUR
WÄLDER
ÜBERZEUGT
GEERDET
BERATER
BEDECKT
LISTIG
VERMÖGEN
KOMPASS
GELBLICH
ZEIGTE
SPERRIG
DIESE

26.

T	I	S	I	U	Q	X	E	A	B	A	A
S	C	H	L	A	F	O	K	M	N	C	I
J	V	D	V	E	R	B	I	N	D	E	N
E	E	E	R	U	L	Y	R	F	L	B	F
G	R	L	R	A	A	A	B	H	N	A	Q
N	G	L	S	T	C	V	A	J	H	P	L
Ä	N	A	H	K	M	H	F	R	J	O	E
L	Ü	H	Ü	E	D	N	E	S	I	E	R
S	G	K	P	M	L	N	S	N	M	U	H
A	E	G	E	I	S	T	I	G	Y	E	E
N	N	I	N	E	K	N	E	D	E	N	L
M	H	V	O	R	L	I	E	B	E	I	C

REISENDE
LEHRE
FABRIK
DRACHEN
VERGNÜGEN
EXQUISIT
HALLE
GEISTIG
LÄNGE
DENKEN
VORLIEBE
SCHLAF
FAHREN
VERBINDEN
KÜKEN

27.

W	N	E	K	R	Ä	T	S	I	S	D	S
B	A	D	A	T	E	I	E	N	M	G	O
X	E	P	Y	I	N	E	Z	B	C	N	R
U	B	R	O	L	N	R	E	T	L	U	Ü
E	D	D	U	H	I	K	R	K	A	T	B
K	K	O	Ä	H	N	E	L	L	A	R	P
R	A	Z	R	H	I	T	B	N	O	A	B
U	I	M	R	N	V	G	A	S	D	W	E
G	S	G	I	L	I	S	E	Q	T	R	G
X	E	A	C	K	H	G	V	N	I	E	A
J	R	B	E	D	A	U	E	R	N	H	N
T	D	O	L	L	A	R	M	I	M	S	N

BEGANN
ZÄHNE
DATEIEN
ERWARTUNG
BÜROS
TRAINIERT
DORNIG
BERUHIGEN
GURKE
KAISER
LIEBSTE
PRALLEN
STÄRKEN
BEDAUERN
DOLLAR

28.

I	L	S	S	O	L	H	C	S	Z	Y	A
D	N	B	E	S	I	E	G	E	N	K	S
M	Z	G	S	Y	Z	F	B	I	E	O	C
A	W	N	N	T	U	R	Z	W	L	M	H
H	E	U	E	E	A	A	T	W	N	P	L
Q	C	T	L	N	K	H	U	I	L	L	I
H	K	H	L	I	C	N	L	E	X	I	E
L	L	C	E	S	O	E	O	S	H	Z	ß
E	O	A	B	O	I	N	S	E	S	I	E
F	S	R	A	R	F	R	B	A	F	E	N
A	I	E	T	O	F	E	A	Q	T	R	S
T	N	V	E	H	R	Ä	L	I	C	H	T	I

WIESE
EHRLICH
TAFEL
ABSOLUT
ROSINE
ZEBRA
SCHLOSS
STAHL
LERNEN
BESIEGEN
SCHLIEßEN
ZWECKLOS
KOMPLIZIERT
TABELLEN
VERACHTUNG

29.

L	S	U	L	T	R	A	M	A	R	I	N
P	K	A	W	P	Z	A	E	U	M	Y	R
J	J	B	E	I	G	E	N	F	Y	A	E
S	M	C	M	Q	T	U	T	R	L	H	T
L	C	R	T	K	G	L	H	E	J	A	S
Z	O	H	E	Ä	A	J	Ä	G	L	Q	O
E	U	J	N	H	G	H	L	U	E	T	O
M	B	S	S	E	C	L	T	N	L	S	Ä
O	I	H	A	R	L	Ä	I	G	S	R	L
R	E	D	A	T	Z	L	D	C	I	E	T
T	R	F	N	X	Z	V	E	N	H	U	E
S	T	G	N	I	L	H	Ü	R	F	Z	R

ENTHÄLT
TÄGLICH
SCHNELLER
OSTERN
AUFREGUNG
STROM
ULTRAMARIN
OBJEKTE
TREIB
ZUERST
ZUSATZ
FRÜHLING
ÄLTER
DÄCHER
BEIGE

30.

E	R	D	N	U	S	S	E	R	M	N	B
S	Y	P	Q	A	U	R	M	T	E	E	A
C	Z	B	G	I	L	O	I	F	U	U	S
H	L	M	B	I	X	U	U	N	P	E	Y
U	L	E	E	O	L	A	R	G	D	R	M
T	A	G	F	L	H	U	Z	E	P	T	B
T	E	D	H	F	H	W	P	B	U	S	O
N	G	L	O	I	Ö	L	S	I	R	M	L
S	O	R	G	R	O	L	T	L	I	I	S
A	X	E	T	Y	E	A	E	D	S	T	N
K	N	E	I	N	E	S	S	E	G	E	G
D	R	N	A	K	T	I	V	T	T	Q	F

DEPLOY
STREUEN
SCHUTT
ERDNUSS
SYMBOL
SIRUP
WÖRTER
AKTIV
HOBBY
ERLIEGEN
TEELÖFFEL
BEUNRUHIGEND
HAUFEN
GEGESSEN
GEBILDET

31.

E	M	R	Q	E	F	S	I	X	F	A	V
N	U	L	A	L	N	U	M	M	E	R	E
E	T	E	D	C	I	U	F	K	N	N	R
R	G	I	U	N	H	D	C	L	T	F	S
H	I	C	E	D	L	E	A	H	L	I	C
E	N	H	B	L	D	X	Ä	S	E	E	H
R	Ö	T	Z	J	M	L	H	T	C	E	W
E	K	P	O	N	T	E	S	C	J	F	I
V	S	A	S	G	I	H	L	A	Q	F	N
L	A	R	G	A	C	R	H	O	Y	A	D
I	X	T	I	Ö	M	R	P	D	N	K	E
Y	X	Y	H	H	E	U	T	E	I	E	N

KAFFEE
ENTHÄLT
VEREHREN
NUMMER
HEUTE
DECKE
LEICHT
HÖCHSTE
VERSCHWINDEN
RACHE
PRINZ
MELONE
PARTY
KÖNIGTUM
JAHRE

32.

M	P	Q	D	D	N	E	S	H	C	A	W
S	U	L	B	I	L	L	I	G	N	M	F
E	E	S	Ä	I	E	F	A	T	C	S	A
N	E	E	E	N	H	N	U	R	S	L	A
I	O	R	L	U	E	L	E	U	C	H	A
E	L	I	Y	E	M	L	N	R	H	W	O
B	U	A	T	D	N	S	S	H	Ü	U	E
E	O	L	M	A	O	V	S	C	L	R	L
G	L	F	B	K	L	S	O	Y	E	Z	E
W	Q	L	O	A	R	O	S	L	R	E	I
V	S	K	A	I	I	E	S	J	L	L	P
N	O	S	P	H	I	F	M	I	P	N	S

DIENER
MERKMAL
FLAIR
ISOLATION
SCHÜLER
WURZELN
HALLE
SPIELE
KOKOSNUSS
BILLIG
GEBEINE
PLÄNE
MUSEUM
SEELENVOLL
WACHSEND

33.

E	R	E	ß	U	Ä	I	S	B	A	M	E
N	N	F	N	R	E	M	R	A	F	G	M
Y	E	P	I	Z	I	T	R	O	N	E	E
L	B	B	A	F	U	T	F	E	L	T	Q
G	E	B	E	R	L	U	M	E	T	F	A
A	I	G	O	W	A	A	L	I	V	A	K
B	R	Z	H	H	H	D	M	O	O	H	Z
S	H	S	T	Z	U	C	I	U	R	R	K
I	C	S	D	I	J	S	S	E	O	H	O
C	S	F	B	T	W	A	T	B	S	A	K
H	E	N	I	G	I	N	Ö	K	Y	N	O
T	G	D	N	E	U	M	I	Y	E	M	N

ABSICHT
SCHWEBEN
UNTER
KOKON
KÖNIGIN
PARADIES
WITZIG
GESCHRIEBEN
ZITRONE
FARMER
MITTE
HOBBY
ÄUßERE
NAHRHAFT
MENGE

34.

H	C	S	I	D	I	E	N	S	M	C	O
H	A	K	R	O	N	E	N	P	K	F	M
D	A	P	S	A	H	N	E	I	F	I	G
L	U	D	R	O	H	N	E	I	G	L	Z
E	E	L	Z	O	D	B	Z	G	Ü	R	N
T	A	D	P	U	B	I	N	C	W	E	L
I	H	P	B	B	E	U	K	M	F	T	M
P	I	O	J	R	N	S	S	R	D	L	G
A	W	Z	E	H	S	B	Ü	T	P	A	I
K	B	A	C	O	I	D	A	R	T	H	S
A	I	E	N	E	K	N	E	D	N	C	I
Q	R	P	I	R	E	B	E	I	F	S	E

DROHNE
NEIDISCH
ROBUST
KAPITEL
GLÜCK
RADIO
FIEBER
KRONEN
DENKEN
EISIG
RECHNUNG
DÜRFEN
SAHNE
SCHALTER
OFFIZIERE

35.

T	E	T	S	Ü	K	Ü	S	S	E	N	S
N	E	M	H	A	R	D	M	U	J	C	G
L	S	O	L	T	H	C	A	M	H	T	I
U	N	G	L	A	U	B	E	A	B	Z	G
L	N	E	T	R	A	W	R	E	C	R	E
W	E	A	G	R	E	L	L	L	P	A	L
H	V	E	R	W	A	N	D	E	L	N	I
W	U	Z	O	C	S	U	P	E	R	H	E
A	S	S	H	J	L	S	K	R	M	A	B
A	A	R	E	T	I	E	H	A	I	Z	T
Z	O	R	E	H	C	U	S	E	B	N	E
T	A	F	I	N	D	J	E	S	I	E	R

ZAHNARZT
RAHMEN
HEITER
KÜSSEN
UNGLAUBE
GRELL
KÜSTE
SCHARLACHROT
GELIEBTE
VERWANDELN
MACHTLOS
REISE
BESUCHER
SUPER
ERWARTEN

36.

D	N	R	A	B	S	S	E	G	A	L	O
R	P	E	L	C	E	U	U	L	G	T	M
N	E	T	G	T	Y	I	G	Ä	I	N	Z
E	O	H	I	R	Z	U	U	N	F	N	L
K	Z	L	C	T	O	A	E	Z	T	I	S
C	E	E	K	Ö	H	M	L	E	I	G	L
A	R	E	G	A	L	N	H	N	G	E	W
B	N	O	Q	L	O	D	J	D	S	B	H
E	B	D	J	Q	S	G	I	R	E	I	G
G	T	R	E	U	A	H	C	S	I	J	H
X	X	Z	S	R	L	I	E	G	E	N	D
N	C	Q	U	Y	S	G	I	D	R	Ü	W

ANDERS
GIERIG
GEBACKEN
SITZE
ELITE
LÖCHER
SCHAUER
REGAL
ESSBAR
BEGINNT
GLÄNZEND
LIEGEND
WÜRDIG
GIFTIG
MORGEN

37.

F	Q	C	L	T	K	S	X	J	A	Q	D
N	N	W	B	E	O	Q	E	D	M	Q	N
L	M	C	Q	I	F	P	T	N	N	K	E
Q	A	O	U	L	F	I	N	E	R	B	R
L	F	M	G	E	E	A	N	T	E	E	H
B	A	V	R	E	R	L	Ö	H	D	T	Ü
H	D	N	E	O	L	H	K	C	N	O	F
E	U	Z	I	I	F	E	I	I	Ä	N	S
Z	R	G	Z	D	S	L	H	N	J	T	P
T	S	A	U	Z	R	R	Z	R	T	V	I
I	T	M	N	Y	O	A	B	E	T	E	B
W	N	U	G	V	B	I	K	V	M	E	R

DURST
FORMAL
HINTER
KÖNNTE
REIZUNG
VERNICHTEND
FÜHREND
ÄNDERN
KOFFER
GELEHRTE
KARDINAL
TEILE
BETONT
VORHIN
WITZE

38.

D	T	W	W	S	K	R	O	N	E	N	A
T	M	N	Z	T	F	A	H	Z	R	E	H
M	N	M	H	L	U	X	U	R	I	Ö	S
E	E	U	C	L	G	N	U	T	I	E	Z
T	S	A	S	B	L	N	L	A	L	A	O
H	S	R	I	G	H	C	I	L	T	Ö	T
O	A	T	T	H	C	I	L	Z	R	E	H
D	L	B	S	F	O	L	S	E	M	G	E
E	R	L	A	B	E	W	U	S	S	T	D
Q	E	A	R	O	R	A	N	G	E	J	N
O	V	I	D	B	A	N	A	N	E	W	Ä
M	E	T	A	L	L	I	S	C	H	I	W

BEWUSST
METALLISCH
ORANGE
HERZHAFT
METHODE
WÄNDE
ALBTRAUM
BANANE
KRONEN
TÖTLICH
LUXURIÖS
VERLASSEN
ZEITUNG
DRASTISCH
HERZLICH

39.

E	L	A	T	N	E	D	S	O	W	Q	I
N	G	N	A	Z	L	M	P	R	F	T	M
I	I	I	D	E	A	L	F	D	J	R	I
R	Z	U	P	R	Ü	F	E	N	L	I	C
A	T	T	R	Ä	L	K	R	E	F	N	A
T	A	R	E	N	E	I	D	N	L	K	D
K	R	H	T	G	I	D	I	E	L	E	B
E	K	U	O	H	Z	R	Q	S	P	N	E
N	T	Z	T	I	W	H	C	S	R	E	V
Y	A	L	Q	N	E	L	L	A	R	P	B
H	C	S	I	D	A	R	O	P	S	N	N
O	E	U	O	E	I	K	H	C	A	L	F

DIENER
PRALLEN
KRATZIG
IDEAL
PFERD
SPORADISCH
PRÜFEN
DENTAL
BELEIDIGT
ERKLÄRT
FLACH
ORDNEN
TRINKEN
NEKTARINE
VERSCHWITZT

40.

A	K	D	W	B	S	A	B	R	U	P	T
W	T	A	L	E	N	T	M	Q	L	V	N
L	S	I	F	N	B	R	N	Z	I	N	A
T	E	B	C	U	N	Ö	E	R	R	U	L
B	A	C	L	N	U	H	G	A	P	T	P
G	S	M	K	R	V	E	E	L	U	R	A
H	T	C	R	E	E	G	I	C	A	O	K
Y	I	O	O	D	R	R	L	E	F	P	A
S	G	S	Z	N	W	H	F	V	M	P	S
O	B	A	Y	Ä	E	F	P	Ö	K	O	O
I	K	O	M	B	I	N	I	E	R	E	N
N	N	R	I	R	S	E	T	S	R	Ü	B

KOMBINIEREN
FLIEGEN
GEHÖRT
ASTIG
BÜRSTE
ABRUPT
KAPLAN
LECKER
APFEL
ÄNDERN
KÖPFE
BLIEB
OPPORTUN
TALENT
VERWEIS

41.

N	E	S	S	U	L	F	N	I	E	E	B
B	S	K	V	W	A	K	M	Y	H	C	T
Ü	E	I	N	S	E	K	T	I	Z	I	D
R	L	U	G	N	A	G	N	I	E	D	E
S	L	N	L	P	D	U	R	S	T	I	G
T	A	W	I	H	Ü	B	L	I	C	H	T
E	R	T	R	A	B	T	H	C	U	R	F
O	E	I	C	H	A	M	P	I	O	N	S
L	R	N	C	B	S	T	Ü	R	Z	E	S
N	B	A	N	K	E	R	P	A	P	G	E
I	O	I	Z	Y	Z	N	R	E	I	E	F
R	B	T	H	C	O	K	R	E	V	R	I

BEEINFLUSSEN
FEIERN
INSEKTIZID
CHAMPION
ALLES
DURSTIG
BANKER
STÜRZE
EINGANG
TRICK
ÜBLICH
BÜRSTE
VERKOCHT
KAPITEL
FRUCHTBAR

42.

T	A	K	I	N	S	E	K	T	E	N	I
R	E	T	A	R	V	F	D	J	L	M	D
H	G	G	R	I	Ä	E	S	N	A	N	L
E	A	Y	I	E	N	U	Y	U	D	O	L
E	R	F	B	T	W	G	M	A	N	S	V
G	F	E	A	N	S	S	I	E	A	I	L
U	N	L	U	G	H	O	N	Z	S	B	Y
Q	A	B	W	E	O	O	R	E	L	H	S
O	B	J	E	K	T	S	J	S	B	A	R
T	R	E	I	K	R	A	M	K	O	O	S
V	L	I	W	O	L	L	T	E	N	T	L
K	X	U	N	M	Ö	G	L	I	C	H	K

ROSTIG
SANDALE
UNMÖGLICH
TEUER
MARKIERT
SALZIG
ANFRAGE
GEEHRT
INSEKTEN
RÄUME
LOBENSWERT
WOLLTE
DENTAL
BISON
OBJEKT

43.

S	L	S	I	F	R	V	R	F	T	X	M
H	A	D	L	L	E	B	E	G	M	I	V
K	U	C	I	S	Z	Q	M	Q	T	U	N
X	S	T	T	N	U	I	T	B	L	V	
D	O	N	S	A	Ä	L	E	C	E	A	F
N	L	N	C	H	T	I	E	E	S	R	L
E	B	A	H	L	L	G	R	F	I	U	E
L	R	N	Ö	U	O	W	S	W	T	H	Z
Ä	A	E	N	L	Ä	X	R	S	Z	I	T
U	F	G	O	G	H	A	O	Z	E	G	I
Q	E	K	E	Q	B	N	G	P	N	D	W
N	Ö	N	S	C	H	N	U	R	I	K	R

MITTEILUNGEN
FARBLOS
ERWÄGEN
EIMER
RUHIG
ÖKOLOGE
GENANNT
SCHÖN
BESITZEN
TÄNZER
GEBELL
SCHNUR
QUÄLEND
STAHL
WITZE

44.

S	E	D	N	E	G	E	L	W	O	M	C
A	B	I	S	O	N	N	E	G	L	O	F
E	W	M	W	X	N	Ä	T	I	P	A	K
T	Z	B	E	T	O	N	T	U	L	M	F
H	L	L	B	R	E	C	H	E	N	I	G
C	A	T	H	C	O	K	R	E	V	T	L
I	S	P	T	J	H	N	D	Ü	O	G	L
R	U	A	K	U	E	E	B	O	R	L	S
E	J	Q	F	N	N	L	S	Q	E	I	U
B	Q	D	M	T	I	A	G	R	K	E	V
N	Z	I	A	C	I	R	G	Y	Y	D	G
T	N	L	H	Y	S	G	I	L	L	I	B

LERNEN
BILLIG
KAPITÄN
VERKOCHT
BETONT
FOLGE
ÜBLICH
LEGENDE
DENTAL
BERICHTE
BRECHEN
MITGLIED
SAFTIG
GRELL
BISON

45.

I	L	K	N	Q	S	W	F	G	A	T	N
W	D	L	Z	W	N	M	O	K	P	L	Q
T	A	E	I	E	K	S	Ü	L	E	F	L
A	L	U	E	A	I	S	I	K	K	L	G
B	F	E	I	N	S	T	S	T	Y	I	A
W	R	S	G	E	L	U	P	E	K	B	G
U	E	E	I	E	M	H	C	L	Z	R	U
R	M	O	T	M	R	S	U	H	A	R	A
F	D	U	S	W	H	E	S	N	E	N	V
E	E	U	A	A	J	A	G	P	B	D	E
I	K	R	R	U	N	D	E	N	J	O	W
N	U	T	E	T	Ä	P	S	R	E	V	I

WOLKIG
SUCHE
FREMDE
ABWURF
VERSPÄTET
IDEEN
ASTIG
RUNDEN
GEREGELT
MUSKELN
KAISER
KÜSSE
ZEITPLAN
GUAVE
ARKTIS

46.

G	Q	S	P	T	N	U	N	C	A	N	S
Z	E	Z	A	L	E	O	K	A	M	I	N
M	I	S	E	U	S	T	L	D	I	C	V
I	U	G	T	R	R	Ä	Ü	Z	L	H	P
B	E	C	E	E	N	A	E	H	O	T	H
R	J	P	L	D	R	H	P	L	E	I	A
K	H	A	L	P	C	N	W	A	E	G	S
O	M	I	T	S	S	U	W	E	B	U	T
Z	C	S	I	M	M	E	N	S	P	J	I
H	F	F	B	E	G	A	N	N	I	X	G
Z	Z	B	I	I	G	N	U	N	I	E	M
C	S	D	H	C	R	E	T	H	C	I	R

FISCHE
NICHTIG
HASTIG
BEGANN
RICHTER
MEINUNG
LÄNDLICH
GESTERN
GEHÜTET
PERSON
REGELN
BEWUSST
KAMIN
MALER
IMMENS

47.

E	J	S	E	A	U	O	T	X	A	K	A
S	T	P	O	U	M	A	F	M	G	R	N
C	R	E	N	E	I	D	P	I	L	E	E
H	A	V	K	V	B	R	U	W	R	N	R
W	I	L	E	C	G	E	T	L	E	H	A
E	C	M	L	A	E	T	E	E	L	Ü	S
B	C	G	B	H	N	T	G	G	H	H	T
E	O	R	L	E	I	I	S	Ö	Ü	S	U
N	B	E	Q	F	E	R	S	V	K	O	D
W	M	L	R	U	A	R	C	E	P	Y	I
I	L	L	O	F	M	N	E	S	O	R	E
N	E	T	R	E	I	S	U	A	P	U	I

GRELL
RITTER
PAUSIERTEN
SCHWEBEN
GENIE
ROSEN
DIENER
VÖGEL
HIMBEERE
GETUPFT
ONKEL
STUDIE
HÜHNER
ARENA
KÜHLER

48.

T	D	E	N	K	E	N	S	R	E	T	D
K	F	D	S	O	A	I	E	P	D	R	N
E	M	N	C	I	C	T	G	Y	N	Ä	E
L	L	Ä	H	X	N	X	N	U	Ä	U	G
A	I	T	L	U	E	A	U	R	W	M	I
I	E	S	A	T	H	W	D	D	L	E	H
D	B	U	M	H	U	P	N	N	O	J	U
E	E	Z	M	R	R	R	I	E	S	U	R
E	N	C	I	F	S	T	F	T	X	B	E
N	D	N	G	L	U	A	R	Ü	Z	E	B
L	I	A	U	N	A	N	E	W	Y	L	G
T	I	U	R	F	E	P	A	R	G	N	I

LIEBEND
TRÄUME
DIALEKT
WÜTEND
JUBELN
DENKEN
SCHLAMMIG
ERFINDUNG
GRAPEFRUIT
UNTER
WÄNDE
AUSRUHEN
IDEEN
ZUSTÄNDE
BERUHIGEND

49.

M	U	T	T	E	R	S	H	C	U	A	B
V	E	R	D	Ä	C	H	T	I	G	Q	I
I	C	M	N	S	U	I	N	E	G	U	T
P	U	E	A	N	M	P	K	H	I	A	E
H	L	R	C	E	A	R	A	O	G	D	D
I	J	E	H	H	G	O	P	L	N	R	L
L	H	D	L	C	I	D	A	Z	Ä	A	I
O	O	N	A	A	E	U	Z	K	H	T	B
S	S	O	S	L	R	K	I	O	B	S	E
O	Y	S	S	F	A	T	T	H	A	I	G
P	G	E	E	D	D	I	Ä	L	N	D	K
H	J	B	N	I	N	V	T	E	U	Y	X

QUADRAT
KAPAZITÄT
PHILOSOPH
PRODUKTIV
GEBILDET
VERDÄCHTIG
BAUCH
NACHLASSEN
MUTTER
MAGIER
LACHEN
GENIUS
HOLZKOHLE
UNABHÄNGIG
BESONDERE

50.

W	N	V	Ä	T	E	R	S	X	U	H	F
H	A	O	N	B	W	T	E	M	C	O	T
Q	N	E	I	E	S	N	H	S	K	I	H
Y	C	C	R	T	H	C	I	U	H	L	C
N	G	F	A	Ä	I	T	S	V	A	N	E
A	E	N	Z	L	K	D	S	L	R	E	R
N	G	H	D	A	N	I	A	R	O	T	F
E	O	N	R	U	B	R	R	R	S	I	U
S	Ä	P	S	R	E	O	E	T	T	E	A
L	N	E	Ü	G	E	K	U	A	I	R	K
O	G	K	R	I	K	C	E	L	G	E	D
N	F	Ä	X	H	I	X	T	D	E	B	D

VÄTER
TRADITION
GESUND
FOKUS
ZÄHNE
BEREITEN
AUFRECHT
KÜRBIS
ROSTIG
LÄNDLICH
PRAKTISCH
ÄRGER
TEUER
STANGE
WERFEN

51.

X	G	O	L	S	L	A	T	I	G	I	D
A	E	M	P	J	G	M	M	D	T	B	N
V	N	N	O	I	R	O	R	K	P	E	T
U	I	E	M	N	L	E	C	H	T	L	W
O	E	U	A	K	U	A	B	E	L	L	G
M	F	E	E	I	Z	M	T	O	G	A	L
J	I	R	G	E	H	L	E	I	T	O	D
E	E	F	G	P	A	M	S	N	B	K	B
I	B	R	A	F	A	I	O	S	T	S	O
A	E	E	T	G	E	M	Z	Z	I	A	C
M	R	N	I	I	K	Ü	S	S	E	N	L
N	E	E	X	Y	I	L	A	D	U	N	G

DIGITAL
GENIE
ERFREUEN
MOLKEREI
MAGIE
REUIG
ENTFALTETEN
KÜSSEN
EISIG
MONUMENTAL
LADUNG
OKTOBER
GEZACKT
MONTAG
FIEBER

52.

H	A	W	H	S	D	K	B	A	N	A	L
R	A	N	V	F	N	C	M	U	S	T	G
E	B	E	F	E	E	E	L	P	R	N	I
U	E	H	U	I	G	I	A	E	L	A	I
E	K	I	Z	N	N	E	T	B	C	G	A
T	O	E	B	D	I	R	I	L	L	O	S
H	M	D	I	L	R	D	V	I	Q	R	O
N	M	E	S	I	D	S	R	Z	I	R	F
E	E	G	S	C	X	P	S	M	T	A	R
D	N	I	I	H	A	E	U	E	R	T	I
O	U	N	G	L	A	U	B	L	I	C	H
B	N	B	E	R	N	S	T	E	I	N	K

VITAL
BEKOMMEN
BERNSTEIN
TEUER
BISSIG
APRIL
GEDEIHEN
ARROGANT
FEINDLICH
TREUE
UNGLAUBLICH
BANAL
DREIECK
DRINGEND
BODEN

53.

H	D	N	E	H	C	E	T	S	Z	T	K
R	N	A	M	O	R	H	L	M	R	K	R
N	E	N	O	I	T	A	N	E	I	O	U
H	L	U	O	G	U	Q	I	M	S	N	M
C	E	M	Y	D	L	N	A	O	E	O	M
I	I	O	I	L	I	F	R	N	O	E	L
L	D	T	N	Z	H	Ü	R	E	S	O	E
D	E	N	S	O	B	E	L	S	T	S	M
N	N	A	E	X	F	S	E	E	K	N	M
E	F	H	L	T	T	R	A	Y	K	O	I
N	E	P	N	W	I	R	K	N	N	N	H
U	M	E	M	B	I	A	D	E	Y	Y	O

INTERN
ENTFERNEN
NATIONEN
LEIDEN
ROMAN
MESSER
UNENDLICH
FASZINIERT
PHANTOM
BÜROS
KRUMM
HIMMEL
ONKEL
INSEL
STECHEND

54.

M	V	S	K	A	F	F	E	E	Z	T	A
T	N	I	E	H	C	S	H	L	M	K	B
N	A	O	M	D	J	E	O	E	I	C	A
E	V	B	U	K	A	U	L	B	L	I	N
F	O	W	Ä	L	T	Z	Z	A	A	H	D
R	A	O	R	C	G	N	K	T	L	C	I
O	N	H	D	R	H	U	O	P	O	S	T
W	N	L	Ö	F	T	S	H	E	M	E	E
E	Q	ß	S	S	O	O	L	Z	A	G	L
G	E	G	Q	I	L	A	E	K	C	N	I
R	S	P	I	E	L	E	N	A	H	U	E
U	U	G	E	R	E	T	T	E	T	I	S

RÄUME
SCHEINT
TOLLE
KAFFEE
SPIELE
UNGESCHICKT
GERETTET
HOLZKOHLE
OBWOHL
AKZEPTABEL
BANDIT
GRÖSSER
GEWORFEN
SEILE
MACHT

55.

S	N	K	O	E	L	U	Ä	S	A	U	V
D	Y	R	V	F	G	N	U	N	I	E	M
M	N	E	E	I	F	T	G	E	L	E	B
H	V	U	Q	D	U	I	Z	J	L	M	M
C	G	Z	R	J	N	N	Z	B	X	A	K
I	U	U	D	G	I	A	M	I	R	L	I
L	H	N	G	R	H	U	W	K	E	R	O
M	Ä	G	P	B	A	Q	I	S	E	R	N
E	U	L	N	R	S	E	M	ß	R	K	E
I	F	A	T	D	R	F	Ö	G	V	U	I
Z	I	F	A	T	S	R	T	H	E	M	A
N	G	O	S	A	G	I	S	C	H	A	L

SÄULE
MARKIERT
WANDERN
GRÖẞER
PRINZ
KREUZUNG
BELEGT
THEMA
HÄUFIG
OFFIZIERE
SCHAL
MEINUNG
ZIEMLICH
TRAUM
GRUND

56.

A	K	E	S	S	N	E	N	N	U	R	B
V	S	C	H	A	R	F	M	O	V	E	S
O	V	P	I	D	N	A	R	T	S	C	G
C	V	E	I	A	J	Y	U	C	H	I	J
A	G	A	R	T	L	C	H	A	C	Y	B
D	P	A	Ä	M	Z	W	M	L	E	P	N
O	R	H	D	H	E	L	E	D	F	E	O
Q	O	L	N	R	O	I	N	X	L	L	G
S	T	W	E	S	Q	Ä	D	Z	S	I	X
O	Z	N	G	A	W	B	Z	E	T	W	J
Y	I	C	E	I	I	U	U	U	N	V	I
K	G	N	L	A	P	F	M	O	I	D	I

SCHAMLOS
AVOCADO
BISON
BESCHWEREN
STRAND
MUTIG
SCHARF
PROTZIG
WÄNDE
SPITZ
PUZZLE
IDIOM
LEGENDÄR
VERMEIDEN
BRUNNEN

57.

A	H	W	S	N	E	H	E	L	F	N	S
N	T	N	E	G	A	L	H	C	S	E	G
E	M	X	N	R	A	D	A	B	F	I	Z
G	E	U	G	I	F	U	Ä	L	R	O	V
N	K	N	L	T	S	T	G	Y	E	R	A
I	N	Z	T	R	R	L	H	U	I	R	S
R	M	R	U	H	D	U	F	H	S	A	T
B	C	H	E	O	A	I	T	C	I	T	I
P	E	S	Z	D	S	L	H	H	G	S	M
N	Y	E	X	C	N	A	T	A	A	D	M
E	N	I	H	S	L	I	K	E	Z	H	E
T	N	E	K	V	I	P	L	O	N	X	N

STIMME
AUGUST
SCHAL
TRUTHAHN
BRINGEN
ENTHALTEN
DOZENT
AUSRUHEN
STARR
GESCHLAGEN
VORLÄUFIG
FLEHEN
LINDERN
EISIG
FISCHE

58.

P	C	M	F	J	T	M	S	I	Q	K	R
C	A	I	T	E	E	N	N	E	K	R	E
M	R	S	Q	I	H	S	D	I	A	S	B
A	C	C	E	U	E	L	X	Q	L	Q	A
S	L	H	L	K	A	R	E	H	C	Ü	K
M	A	U	T	J	L	D	E	R	H	O	A
M	O	N	O	K	Ö	T	R	H	J	O	M
J	H	G	E	M	U	S	K	A	K	W	Z
A	N	P	A	S	S	E	N	N	T	U	N
M	Y	N	O	N	A	W	J	A	U	B	I
T	S	U	B	O	R	N	E	U	Y	P	R
Z	U	S	T	I	M	M	E	N	I	P	P

ROBUST
ERKENNE
KÜCHE
QUADRAT
ANONYM
PUNKT
PRINZ
MISCHUNG
FEHLER
ANPASSEN
INSEKT
ZUSTIMMEN
TIERE
ÖKONOM
MAKABER

59.

F	O	P	M	W	S	I	O	I	D	A	R
W	N	P	U	B	E	M	I	T	T	E	M
B	K	R	L	H	L	P	B	F	F	I	Y
H	E	Ä	M	U	L	N	N	I	G	Q	G
L	L	G	I	N	O	E	U	P	E	K	N
R	A	N	G	L	W	Z	T	Z	L	R	U
Q	E	A	H	G	M	T	R	H	A	I	T
X	H	N	Z	O	U	I	O	P	S	E	S
I	S	T	R	G	A	S	P	A	S	G	I
Q	H	A	X	Ö	B	E	P	R	E	E	E
I	I	T	Q	B	K	B	O	G	N	R	L
M	C	R	E	L	W	O	B	N	I	Z	N

RADIO
BESITZEN
GRAPH
MITTE
KRIEGER
TREIB
LEISTUNG
MULMIG
PRÄGNANT
OPPORTUN
GELASSEN
KÖRNER
BOWLER
ONKEL
BAUMWOLLE

60.

S	N	B	T	N	V	U	H	D	L	S	A
G	E	K	L	A	E	G	M	N	I	C	O
E	K	R	W	I	R	I	R	E	Y	H	P
R	N	A	U	K	B	T	E	B	B	U	T
S	E	T	Ü	L	E	F	R	A	R	L	Z
C	D	S	N	T	S	A	K	P	L	L	N
H	T	Y	R	N	S	H	U	B	F	E	I
E	P	O	E	N	E	R	N	S	R	I	R
I	H	N	S	A	R	H	D	Y	E	T	P
N	A	E	I	N	N	A	E	S	C	E	X
T	I	T	E	E	P	W	N	K	H	R	N
U	J	P	F	G	I	U	K	C	Ü	L	G

ERSCHEINT
FRECH
ABEND
VERBESSERN
PURPUR
DENKEN
STARK
PRINZ
KÜSTE
WAHRHAFTIG
ERKUNDEN
GLÜCK
SCHULLEITER
EISERN
GENANNT

61.

S	B	N	G	N	U	ß	Ü	R	G	E	B
R	A	T	G	E	A	Z	V	T	M	M	L
E	N	W	I	L	S	P	P	B	I	I	N
D	K	U	T	E	U	C	E	C	A	M	E
L	E	N	H	T	H	A	H	M	P	F	R
I	R	D	C	N	X	L	E	I	L	V	V
B	H	E	I	A	E	J	E	Ö	C	G	Ö
O	V	R	W	M	O	M	W	K	S	K	S
N	E	B	E	W	H	C	S	S	N	J	T
U	C	A	G	R	E	U	A	S	Q	U	T
S	D	R	Z	Z	I	F	E	L	E	N	D
Y	N	B	B	E	I	S	P	I	E	L	D

BANKER
BEISPIEL
MANTEL
SAUER
BILDER
DUNKELHEIT
SCHWEBEN
GESCHICKT
WÖLFE
BEGRÜßUNG
GEWICHTIG
EMAIL
WUNDERBAR
ELEND
NERVÖS

62.

F	S	T	G	V	D	I	N	G	E	A	H
R	C	N	I	E	A	B	E	O	M	Y	M
Ö	L	I	B	R	M	E	G	I	W	S	F
H	O	S	U	Ä	I	R	E	U	E	T	N
L	W	S	A	N	L	A	I	V	A	S	E
I	N	E	T	D	K	T	S	H	R	L	H
C	D	Z	S	E	H	E	E	Y	O	L	C
H	N	N	C	R	J	R	B	E	E	S	E
K	U	I	G	U	S	S	B	M	E	V	I
E	F	R	D	N	A	Ü	M	X	B	L	R
I	P	P	I	G	R	I	W	N	C	X	K
T	P	I	I	T	H	K	C	Ä	P	E	G

KRIECHEN
STAUBIG
CLOWN
HIMMEL
KLIMA
TEUER
BERATER
TRÜBE
DINGE
BESIEGEN
PFUND
VERÄNDERUNG
PRINZESSIN
FRÖHLICHKEIT
GEPÄCK

63.

V	Q	D	K	R	S	Z	A	H	Y	R	T
D	E	X	A	O	J	E	E	I	E	Ü	Ü
N	M	M	N	Q	F	I	C	K	R	B	J
E	U	G	U	L	M	F	C	M	E	P	L
B	R	I	E	L	E	E	E	R	A	F	K
E	K	A	I	F	L	M	F	R	L	L	D
I	D	C	T	H	A	Ä	M	E	I	A	O
L	H	I	Y	I	L	N	S	A	H	N	P
S	M	F	L	L	O	N	G	S	S	Z	I
X	A	C	I	O	I	N	K	E	D	U	L
C	M	G	I	F	S	D	A	S	N	N	O
X	T	K	E	F	E	D	I	L	I	G	T

SAMMELN
PILOT
ÜBERFÄLLIG
TÜRME
RATIONAL
SOLIDE
DEFEKT
KRUME
LECKER
LIEBEND
KOFFER
HEIMLICH
GEFANGEN
PFLANZUNG
INSEL

64.

R	T	I	E	R	E	S	S	C	H	A	L
E	E	Y	A	A	E	M	M	A	B	E	H
K	S	P	I	N	N	E	N	N	E	T	Z
I	Z	I	T	R	O	N	E	U	D	L	K
M	L	A	T	I	E	K	G	I	D	Ü	M
E	D	A	Q	O	S	W	L	T	G	I	A
H	A	D	W	M	S	H	M	R	S	L	E
C	T	O	R	Z	Z	S	U	A	L	L	T
N	E	D	I	E	L	P	M	E	S	E	G
V	I	C	A	F	P	T	I	Y	F	B	I
I	E	T	F	E	I	N	Y	N	P	E	E
G	N	R	N	G	I	G	E	N	U	G	Z

GENUG
CHEMIKER
ZEIGTE
LEIDEN
ALLEIN
MÜDIGKEIT
GRUPPEN
SPINNENNETZ
DATEIEN
HEBAMME
SAMTIG
ZITRONE
GEBELL
SCHAL
TIERE

65.

S	D	X	E	S	H	Y	Z	L	A	H	T
S	A	T	T	E	S	I	E	J	G	C	U
H	G	M	M	O	K	F	B	D	Q	I	M
M	U	Z	C	R	F	U	R	N	N	L	N
L	O	K	E	Ö	J	V	A	E	E	T	U
D	E	I	L	G	T	I	M	L	S	H	L
N	D	M	E	H	C	A	R	H	S	C	N
E	O	U	M	H	F	F	O	A	E	I	E
V	S	H	D	I	Z	M	S	R	G	S	F
A	J	G	W	V	H	M	Z	T	R	R	P
R	N	E	I	E	T	A	D	S	E	E	U
N	Q	F	R	I	S	C	H	Q	V	S	Z

ERSICHTLICH
UNMUT
KREIDE
DATEIEN
VERGESSEN
HIMMEL
RACHE
LÖFFEL
STRAHLEND
FRISCH
SATTE
ZEBRA
ZUPFEN
SOCKEN
MITGLIED

66.

L	L	F	L	S	V	G	G	H	S	A	T
E	A	I	L	Y	I	I	R	C	U	N	L
M	I	U	H	I	N	P	H	I	I	E	E
M	V	U	R	R	M	M	E	L	L	L	I
I	I	Z	Ö	E	U	M	A	T	N	I	P
H	R	K	L	T	T	E	E	Ö	L	E	S
R	T	U	Z	H	F	R	F	R	S	W	E
E	L	I	O	P	E	A	O	S	N	R	G
Z	G	V	Ö	T	K	X	I	P	I	E	S
N	N	K	N	T	A	N	S	F	E	V	N
Ä	E	I	E	M	U	T	T	E	R	R	Q
T	W	N	H	E	R	D	E	I	N	D	F

MUTTER
GESPIELT
VERWEILEN
TRIVIAL
FLIMMERN
KÖPFE
HERDE
KÖRNIG
FAKTEN
RÖTLICH
REPORTER
HIMMEL
WINTER
TÄNZER
SCHMUTZIG

67.

S	U	A	R	K	T	E	T	S	R	E	G
B	U	G	A	D	H	L	D	M	T	S	G
E	S	J	R	U	C	I	V	M	V	E	A
L	C	U	O	O	A	B	J	T	N	B	N
O	H	C	M	L	L	A	F	U	S	E	E
H	Ö	D	P	L	H	L	G	A	D	Z	S
N	N	K	H	R	C	L	T	R	O	C	H
U	F	V	E	F	S	Z	U	O	S	U	C
N	R	E	ß	U	Ä	W	S	G	A	A	A
G	W	C	H	A	O	S	A	V	D	I	W
D	G	N	U	Z	I	E	R	Z	A	K	E
N	F	G	I	I	Z	U	C	K	E	R	G

KRAUS
WURDEN
GENUG
ZUCKER
REIZUNG
JAHRE
SCHÖN
CHAOS
ÄUßERN
BELOHNUNG
GERSTE
GEWACHSEN
SCHLACHT
GROLL
ABSATZ

68.

K	O	X	D	S	E	F	I	N	D	R	A
O	F	O	R	M	A	L	M	E	N	G	C
N	S	F	B	I	G	I	S	G	O	I	S
S	U	T	A	Ö	E	U	H	Ü	L	Z	A
T	K	L	A	H	S	H	X	F	B	T	N
R	A	O	U	N	R	A	C	N	L	H	F
U	U	B	R	H	G	T	R	A	Z	C	T
K	L	O	T	M	O	E	S	T	R	A	S
T	T	H	E	B	A	M	M	E	I	P	S
E	Q	E	I	D	Ö	G	A	R	T	G	S
U	B	I	L	H	W	N	E	T	S	A	T
R	M	E	T	A	L	L	I	S	C	H	P

SPRACHE
URTEIL
TASTEN
FAHRT
BLOND
ANFÜGEN
KONSTRUKTEUR
ACHTZIG
METALLISCH
SANFT
BÖSARTIG
HEBAMME
FORMAL
TRAGÖDIE
STANGE

69.

C	S	K	H	T	T	S	S	H	X	A	N
A	A	T	J	C	S	T	R	B	P	R	M
H	M	R	H	K	A	R	B	E	A	C	I
G	M	P	E	P	U	E	U	U	L	L	M
I	E	F	E	K	G	H	R	D	K	A	D
G	L	L	L	A	C	B	E	A	L	Ü	M
R	N	A	N	H	E	E	B	N	R	D	O
I	B	N	R	F	R	W	L	F	G	B	L
B	S	E	D	I	U	U	E	C	I	S	N
E	I	L	A	R	G	N	U	S	I	K	T
G	H	L	F	E	T	R	E	D	N	U	H
L	F	N	I	U	N	K	R	A	U	T	K

HUNDERTE
DURST
BEGANN
LECKER
FLAIR
UNKRAUT
STAPEL
FEBRUAR
SAMMELN
DÜRFEN
MALER
ABWURF
FLANELL
GEBIRGIG
HENGST

70.

F	G	N	U	N	G	I	E	S	E	G	E
Y	W	E	S	A	Y	U	K	N	N	T	U
Q	M	M	O	L	L	A	H	E	H	K	I
E	I	U	D	U	N	O	G	C	V	A	L
R	T	L	A	F	L	E	I	V	N	I	S
F	A	B	G	L	I	H	I	Z	H	B	D
R	Ä	O	H	L	C	Z	M	Q	U	I	N
O	U	O	F	S	R	U	N	D	E	N	E
R	ß	S	E	A	Z	I	G	N	S	S	B
E	E	G	C	W	S	A	E	E	Q	W	A
N	R	H	U	I	H	R	E	S	I	A	K
N	E	N	T	W	I	C	K	E	L	N	I

KAISER
SAHNE
RACHE
ABEND
GESCHICHTE
DIENER
HALLO
FLIEGEN
ÄUßERE
ENTWICKELN
BLUMEN
VIELFALT
ERFROREN
EIGNUNG
RUNDEN

71.

B	S	I	E	R	W	A	R	T	E	T	A
H	I	Y	W	U	A	A	T	M	Z	N	K
P	M	Y	I	N	O	O	I	G	F	X	L
A	N	U	E	T	S	A	A	Ü	N	Y	E
R	L	J	D	E	U	E	G	I	E	O	I
G	A	W	E	R	L	E	I	N	W	L	D
H	F	U	R	N	N	G	H	L	O	P	E
R	L	R	H	E	A	Ä	K	S	E	E	R
E	U	Z	O	H	Z	U	F	C	S	D	J
G	C	E	L	M	H	A	P	G	I	I	D
R	H	L	E	E	R	E	N	I	A	R	T
Ä	T	N	N	N	E	T	R	A	G	I	T

ZÄHNE
WIEDERHOLEN
UNTERNEHMEN
TRICK
DEPLOY
ERWARTET
GARTEN
KLEIDER
ÄRGER
GRAPH
ANFÜGEN
SEILE
FLUCH
WURZELN
TRAINER

72.

Y	F	R	A	H	C	S	F	S	E	E	M
X	L	E	I	M	A	Ü	E	M	E	U	O
E	X	U	I	V	R	F	L	I	N	K	R
R	W	E	U	C	G	O	L	Q	L	H	A
E	Q	R	H	H	C	I	L	D	N	Ä	L
I	A	T	L	E	C	E	T	N	N	Ö	K
G	E	E	H	M	G	I	B	Ä	H	C	S
N	O	B	E	T	T	A	S	P	I	T	Z
I	P	N	E	S	S	A	L	H	C	A	N
S	A	H	G	I	D	N	I	W	I	C	K
H	C	I	L	Z	T	E	S	E	G	N	U
L	N	M	I	T	G	L	I	E	D	G	Z

SATTE
EREIGNIS
SCHÄBIG
KÖNNTE
FÜRCHTEN
NACHLASSEN
MORAL
LÄNDLICH
SPITZ
MITGLIED
FLINK
UNGESETZLICH
BETREUER
WINDIG
SCHARF

73.

M	T	I	X	N	E	S	S	A	L	E	G
A	E	S	M	A	T	U	N	N	E	L	M
R	J	R	I	G	E	R	E	I	Z	T	U
K	O	M	K	N	U	N	I	J	M	L	G
T	R	W	L	L	A	M	E	L	O	N	E
I	E	A	E	L	Ä	I	Q	D	U	G	L
E	L	H	I	H	M	R	P	G	N	T	O
H	H	Ü	D	E	O	E	E	U	S	L	E
I	Ü	H	U	R	S	R	Z	N	Z	A	N
E	K	N	N	A	F	I	J	U	Q	W	T
R	I	E	G	U	E	F	N	N	A	N	E
F	A	R	A	R	Z	D	D	Y	I	A	N

AUFREGUNG
REIZUNG
ENTEN
FREIHEIT
GEREIZT
MELONE
KLEIDUNG
ANWALT
PIANIST
TUNNEL
KÜHLER
GELASSEN
ERKLÄREN
MARKT
HÜHNER

74.

A	P	T	S	Z	R	E	T	N	U	N	A
S	D	N	E	R	H	Ü	R	M	Z	I	N
C	R	N	G	E	I	M	A	S	N	I	E
H	U	A	W	I	N	D	M	Ü	H	L	E
A	G	L	Ü	C	K	L	I	C	H	L	R
T	A	P	S	P	E	L	L	M	Q	U	I
T	A	T	H	A	R	I	I	J	R	S	N
I	O	I	A	S	L	I	S	M	S	T	N
G	W	E	L	J	W	Z	V	E	A	I	S
O	J	Z	A	S	P	F	I	A	R	G	A
M	G	I	T	H	C	I	N	G	T	N	L
K	F	H	I	D	T	E	P	P	E	R	T

WINDMÜHLE
TREPPE
RÜHREND
EISERN
SALZIG
SCHATTIG
EINSAM
RINNSAL
GLÜCKLICH
KLIMA
PRIVAT
LUSTIG
ZEITPLAN
UNTER
NICHTIG

75.

P	P	R	I	V	A	T	S	C	H	Ö	N
R	A	H	D	U	E	R	T	O	M	X	N
L	B	F	I	G	R	E	N	Z	E	I	E
H	G	A	I	K	S	I	N	U	E	L	U
L	E	R	U	L	C	R	A	B	J	A	E
O	F	E	G	E	H	U	N	I	L	S	S
U	L	I	N	M	R	K	E	H	O	S	T
L	Ü	Z	U	P	E	N	G	H	E	O	E
S	G	E	N	N	C	P	H	I	S	L	A
Y	E	N	G	E	K	K	T	A	I	O	M
F	L	D	I	R	E	E	U	G	U	K	P
N	T	Y	E	G	N	U	D	A	L	S	I

KURIER
BAUERNHAUS
SEITEN
ERSCHRECKEN
GRENZE
LADUNG
GEFLÜGELT
REIZEND
NEUESTE
KLEMPNER
PRIVAT
GENANNT
SCHÖN
KOLOSSAL
EIGNUNG

76.

F	S	T	N	H	E	D	E	G	S	U	A
L	A	G	U	E	Z	G	U	L	F	I	M
Z	R	E	E	I	J	U	W	E	L	E	N
U	A	R	E	D	W	R	S	O	T	O	F
E	K	E	V	U	L	H	G	D	A	X	U
R	E	G	E	L	N	E	S	E	I	L	F
D	T	F	V	F	Ä	H	H	D	G	H	A
I	E	U	O	S	H	C	S	Ü	B	E	G
E	S	A	T	A	L	S	E	S	A	L	B
L	K	N	L	E	T	H	C	A	H	C	S
K	I	Y	W	G	E	S	P	E	R	R	T
N	F	S	P	E	R	R	I	G	J	I	I

GESPERRT
RAKETE
BLASE
FLUGZEUG
SPERRIG
JUWELEN
GEBÜSCH
SCHACHTELN
WELCHE
FOTOS
KLEID
FLIESENLEGER
GEÄST
AUSGEDEHNT
AUFGEREGT

77.

I	V	X	W	S	S	J	R	L	L	G	U
D	E	A	E	U	M	M	E	E	G	N	G
A	R	B	I	C	I	S	G	I	T	N	N
U	R	E	D	Y	U	Ü	T	E	U	N	E
E	I	I	E	R	L	R	R	Z	R	A	G
R	N	G	G	F	A	K	T	T	L	R	A
H	G	E	E	S	Ü	E	N	G	O	E	W
A	E	G	Ö	H	S	S	A	L	B	T	T
F	R	B	L	T	O	S	L	O	L	T	S
T	N	U	R	A	J	G	P	F	A	I	A
T	N	O	T	E	B	N	A	E	S	B	L
G	F	B	R	K	B	I	K	G	E	T	P

BLASE
GRUSEL
UNTERKÜHLUNG
BÖSARTIG
BITTER
BETONT
FORTSETZUNG
GEFLÜGEL
LASTWAGEN
GEFOLGT
VERRINGERN
KAPLAN
WEIDE
DAUERHAFT
BEIGE

78.

M	Z	Z	L	S	C	H	U	L	T	E	R
I	A	P	E	F	A	Z	S	T	C	Ü	G
M	U	W	I	C	O	C	F	C	K	B	K
F	B	E	H	U	H	Ä	L	O	K	E	Q
W	E	L	E	Ö	H	A	V	W	T	R	A
B	R	I	N	C	I	I	S	G	L	W	X
R	E	H	S	N	O	A	Z	I	O	I	R
A	R	E	E	L	N	S	H	R	R	N	E
B	G	G	E	D	I	R	E	L	S	T	R
R	A	T	A	M	Ö	B	E	L	I	E	H
H	T	L	E	T	I	P	A	K	N	R	E
E	E	B	B	I	S	S	I	G	R	N	L

ZAUBERER
EHRBAR
SCHÖN
GESCHÄFT
SANDALE
ÜBERWINTERN
MÖBEL
LEIHEN
LEHRER
COWGIRL
KAPITEL
VIOLETT
BISSIG
SCHULTER
GENIAL

79.

I	F	W	G	B	S	S	P	H	Y	R	A
H	C	I	L	T	K	N	Ü	P	E	C	F
M	P	U	I	D	U	R	S	T	R	L	M
T	M	U	N	U	A	V	H	N	I	C	Ü
E	L	Z	W	I	S	C	H	E	N	B	H
F	T	A	Q	L	E	J	G	N	E	E	G
L	K	Z	H	L	N	E	E	R	G	T	I
O	E	H	H	E	N	N	L	S	O	S	E
D	P	C	D	S	N	E	T	T	L	Ü	R
U	S	I	K	U	G	A	A	S	O	W	I
N	E	E	R	E	R	N	I	N	O	E	G
L	R	B	N	K	R	B	A	J	Z	I	L

RESPEKT
BLUME
LECKER
FLIEGEN
SCHLECHTER
GIERIG
ZWISCHEN
PÜNKTLICH
WÜSTE
LEIDEN
STARK
ÜBERLEGEN
BRUNNEN
DURST
ZOOLOGE

80.

B	A	Q	S	S	L	R	K	M	Z	E	A
R	Q	M	L	E	E	N	O	C	J	D	M
A	Z	F	C	T	E	I	N	N	I	A	S
U	F	K	H	K	H	H	T	E	G	L	I
N	E	C	N	Ä	C	V	R	ß	E	B	N
R	O	A	U	I	L	X	O	A	D	U	N
T	B	F	L	Ä	H	W	V	R	U	H	E
E	I	G	N	O	R	S	E	T	L	C	R
G	Ä	D	W	T	S	S	R	S	D	S	H
T	E	D	A	X	L	E	S	N	I	O	A
R	H	W	I	M	Ö	B	E	L	G	N	L
N	E	L	L	Ü	F	R	E	G	I	U	B

INNERHALB
HÄUFIG
LÄNDER
BANKEN
TOCHTER
BRAUN
TÄGLICH
SCHUBLADE
INSEL
MÖBEL
STRAßEN
LECKER
GEDULDIG
ERFÜLLEN
KONTROVERSE

40

81.

R	S	O	W	H	R	E	D	E	F	A	N
R	E	D	L	Ä	W	Z	M	Z	R	O	G
T	W	L	C	I	L	O	I	E	I	I	F
G	Q	U	A	O	R	E	M	T	B	N	L
I	L	C	T	M	M	A	A	R	E	Y	A
R	A	S	E	L	K	R	A	T	R	P	G
R	E	U	I	G	T	F	S	H	E	F	G
E	O	C	Y	S	R	A	A	S	U	F	E
P	H	S	U	H	T	P	G	Z	E	S	N
S	N	R	E	P	A	A	S	C	T	K	I
X	F	M	G	Z	N	L	E	F	P	I	G
R	O	N	H	E	R	R	L	I	C	H	I

TEUER
WÄLDER
TASTEN
FLAGGEN
MALER
FEDER
STOLZ
MEHRFARBIG
KAMERA
ZIEMLICH
GIPFELN
FRUSTRATION
SPERRIG
REUIG
HERRLICH

82.

D	U	L	L	I	T	S	G	G	P	O	X
V	N	E	C	S	A	M	L	C	M	E	T
E	W	Q	L	D	K	A	V	H	I	Ü	W
R	I	S	U	E	U	N	C	A	R	U	X
B	L	H	T	B	H	I	A	M	Q	H	M
I	L	G	E	A	L	R	E	L	L	Ü	K
N	I	N	E	D	N	H	R	L	H	O	O
D	G	F	N	G	Y	D	I	E	M	C	H
E	S	Ü	A	T	L	G	L	P	I	Ö	S
N	R	P	R	Q	A	O	A	M	H	C	G
G	V	A	I	R	S	S	F	E	N	B	H
E	P	N	F	F	S	V	R	M	C	I	Y

FOLGE
KOMPASS
UNWILLIG
GRÜNDLICH
FRAGIL
LEHRREICH
TÜRME
STILL
SCHLANK
MÜHELOS
GLAUBEN
PARTY
STAND
VERBINDEN
HÖHER

83.

U	K	G	N	T	R	E	I	S	Ü	M	A
N	G	I	F	R	A	I	Z	M	E	X	F
S	F	H	I	T	E	I	H	I	R	Ü	Y
C	U	C	C	O	F	T	N	P	H	Ä	K
H	L	S	O	L	L	G	S	R	A	A	M
U	E	I	W	L	R	L	E	O	Z	S	Z
L	T	E	G	E	K	N	H	W	O	D	T
D	Z	L	I	U	D	Q	S	H	A	F	A
I	T	F	R	S	F	L	U	C	H	H	S
G	E	I	L	W	V	I	L	A	P	I	R
N	E	U	H	R	M	A	C	H	E	R	E
R	Y	N	I	N	E	N	H	Ä	W	R	E

EINGREIFEN
ERSATZ
ERWÄHNEN
UHRMACHER
FÜHREND
TOLLE
SAPHIR
UNSCHULDIG
OSTERN
COWGIRL
AMÜSIERT
FLEISCHIG
KURIER
FLUCH
LETZTE

84.

L	E	F	A	T	B	S	F	Z	U	X	A
E	H	C	S	U	D	R	M	J	O	E	G
G	I	S	S	I	B	C	A	I	W	E	H
Z	F	N	L	U	P	E	L	U	F	T	L
M	N	F	G	A	D	E	Z	A	N	N	R
A	T	R	P	E	H	O	H	M	N	Ö	L
H	S	A	E	R	B	R	L	A	J	T	N
U	Y	H	E	O	E	I	G	L	I	E	B
A	S	C	S	N	W	E	L	B	A	G	A
K	O	S	Y	A	B	P	T	D	V	R	U
F	I	X	X	X	D	Ü	R	F	E	N	E
L	D	N	S	T	A	T	U	S	I	T	N

DUSCHE
BISSIG
LEHRE
EINGEBILDET
DOLLAR
BAUEN
STATUS
TAFEL
GETÖNT
BRAUN
DÜRFEN
SCHARF
BEGANN
PAPAYA
GEFAHREN

85.

S	C	O	D	I	E	Y	M	Z	A	X	U
H	L	E	G	Ä	N	M	I	I	G	W	V
C	N	X	X	A	I	H	T	T	N	R	E
U	V	E	M	S	B	D	T	A	E	E	R
B	E	O	K	L	A	A	E	D	U	K	T
E	R	X	E	C	K	L	L	E	A	I	E
G	W	S	Z	M	E	S	H	L	B	N	I
A	E	Z	R	O	E	R	X	L	P	H	D
T	I	S	Ü	I	U	G	T	E	S	C	I
A	S	S	T	A	N	G	E	S	K	E	G
K	I	E	S	T	Y	H	E	X	Z	T	E
W	N	S	R	I	C	H	T	U	N	G	N

SEITEN
MITTEL
NÄGEL
BAUEN
STRECKEN
TECHNIKER
VERTEIDIGEN
TAGEBUCH
KABINE
STÜRZE
ROMAN
STANGE
RICHTUNG
ZITADELLE
VERWEIS

86.

I	E	N	I	N	S	G	E	S	A	M	T
Q	J	E	A	G	I	T	S	O	R	I	A
U	M	F	W	U	R	Z	E	L	N	I	V
D	W	L	U	U	L	E	H	R	E	R	O
Z	L	E	N	K	K	V	R	A	T	A	C
H	T	H	M	R	N	E	L	N	R	B	A
F	H	F	U	Q	F	F	E	B	E	S	D
W	R	M	T	P	O	G	S	E	I	O	O
I	M	A	O	N	N	Q	L	R	S	L	S
T	P	Z	G	I	K	A	E	K	U	U	H
Z	P	I	R	E	N	E	T	S	A	T	N
E	Y	B	P	K	I	X	L	A	P	P	O

TASTEN
INSGESAMT
OPFER
HELFEN
KRUMM
WITZE
LEHRER
WURZELN
BRINGEN
FRAGE
ROSTIG
AVOCADO
UNMUT
ABSOLUT
PAUSIERTEN

87.

I	T	U	N	R	B	S	N	E	R	Ü	T
L	L	A	S	T	Ä	R	K	E	R	S	B
O	A	M	K	X	C	B	S	I	E	R	I
K	F	W	C	U	U	L	C	E	N	E	B
K	L	Z	A	Y	L	A	H	N	N	L	L
O	E	N	M	E	E	H	L	T	Ä	L	I
R	I	I	H	S	N	R	A	Z	M	E	O
B	V	R	C	U	I	E	C	Ü	S	T	T
K	E	P	S	B	S	N	H	N	W	S	H
R	X	A	E	T	O	N	T	D	W	R	E
C	L	H	G	I	R	I	N	E	L	A	K
S	Q	I	J	L	I	S	X	N	X	D	L

BROKKOLI
TÜREN
BIBLIOTHEK
DARSTELLER
PRINZ
ENTZÜNDEN
INNERHALB
GESCHMACK
STÄRKER
SCHLACHT
SUBTIL
MÄNNER
LEHRER
VIELFALT
ROSINE

88.

K	E	T	I	T	M	J	R	S	V	A	D
R	O	T	G	Q	U	M	L	E	G	Ä	N
E	D	D	S	I	M	T	N	E	S	Ö	L
U	U	Z	V	H	E	Ö	I	A	O	V	E
Z	L	E	T	H	C	Z	B	T	D	A	T
Z	L	V	L	A	C	Ö	E	E	S	U	Z
U	G	G	I	H	H	I	H	G	L	N	T
G	O	U	E	T	A	C	L	S	N	J	I
E	D	I	E	R	K	J	S	T	S	A	H
E	T	I	E	W	Z	A	A	W	T	M	R
I	N	I	E	L	T	N	E	J	I	Ö	E
L	U	N	N	H	I	H	C	U	A	B	G

AKTIV
ERHITZT
NÄGEL
KREUZZUG
MÖBEL
GÖTTLICH
LÖSEN
ANGEZEIGT
HÖCHSTE
SCHATZ
BAUCH
ENTLEIN
KREIDE
INSTITUT
ZWEITE

89.

S	I	N	U	Q	U	N	E	B	E	I	S
G	F	A	A	U	C	H	L	N	G	I	M
I	F	M	I	W	G	A	R	I	N	S	N
R	U	U	S	U	K	E	L	G	O	L	E
F	V	H	I	O	D	L	I	L	A	T	R
I	P	A	L	N	I	E	L	R	F	N	O
E	D	H	Ü	W	R	E	O	P	S	A	R
O	X	L	N	E	K	M	M	B	P	N	F
S	P	U	S	A	A	Ä	Ü	Q	M	G	R
R	A	K	M	V	D	R	D	G	W	Ä	E
F	I	R	G	E	O	L	O	G	E	R	N
G	X	Y	G	S	D	E	N	I	M	P	K

DENIM
PLÜNDERN
EIFRIG
HUMAN
GEDÄMPFT
GEOLOGE
MAKELLOS
BÜROS
EREIGNIS
AROMA
UNWILLIG
LOKAL
ERFROREN
PRÄGNANT
SIEBEN

90.

S	U	C	H	E	M	S	H	U	Z	B	A
K	E	T	S	U	C	H	E	Q	Q	B	M
N	L	P	S	R	E	S	S	E	B	I	G
S	U	E	T	P	R	A	L	L	E	N	V
A	U	D	G	E	L	I	Y	D	A	A	G
M	O	M	L	N	M	C	Q	G	U	E	R
T	G	R	H	P	E	B	N	O	D	J	E
I	Z	U	E	O	G	I	E	A	V	M	B
G	V	S	C	U	E	I	N	R	U	S	O
N	Ä	T	I	P	A	K	T	A	K	I	T
R	E	N	T	I	E	R	C	U	C	X	K
P	S	N	X	N	G	J	T	F	M	I	O

OKTOBER
PRALLEN
GEDANKEN
SEPTEMBER
SUCHE
BESSER
SUCHE
KAPITÄN
RENTIER
MUTIG
SAMTIG
EINGANG
TRAUER
MUSEUM
ENGEL

91.

L	N	O	F	S	R	M	G	E	H	Z	P
X	E	E	L	A	Z	G	M	D	Y	L	R
D	D	N	H	E	I	Q	K	N	B	L	I
D	N	U	D	C	I	R	V	Ä	R	L	V
I	E	E	W	E	A	C	E	H	I	W	A
A	T	T	F	Ü	L	W	H	N	D	V	T
L	H	W	L	R	N	S	E	T	R	O	R
E	C	I	H	Ä	E	S	B	B	S	Ö	E
K	U	N	O	N	H	W	C	B	S	P	K
T	E	T	N	X	A	T	M	H	I	B	C
I	L	E	I	S	E	R	N	U	T	E	U
N	U	R	G	M	T	S	Y	E	I	E	Z

DIALEKT
UMWERFEND
EISERN
BEWACHEN
KÖRNER
LEICHT
ZUCKER
WÜNSCHTE
LEUCHTENDEN
HONIG
HÄNDE
ENTHÄLT
PRIVAT
HYBRID
WINTER

92.

M	U	R	C	L	G	T	S	G	N	A	K
A	N	O	A	A	E	L	M	V	Y	L	A
S	K	T	I	N	I	O	C	L	A	U	F
C	O	A	N	G	G	K	U	N	S	J	L
E	P	R	I	I	A	A	G	B	A	A	I
U	F	E	A	S	M	L	R	B	Z	L	A
H	G	P	M	C	R	E	H	C	S	O	K
P	E	O	O	F	C	M	K	C	I	R	T
K	L	S	D	H	R	A	E	S	Q	P	R
A	D	N	E	B	R	Ü	M	R	E	Z	I
B	I	N	S	T	I	M	M	E	N	W	T
I	P	A	R	F	Ü	M	I	E	R	T	T

KOSCHER
DOMAIN
OPERATOR
LOKAL
KLANG
TRICK
MAGIE
PARFÜMIERT
ZERMÜRBEND
ANGST
SIGNAL
AUSBRECHEN
STIMMEN
KOPFGELD
TRITT

93.

J	L	B	F	K	A	I	S	E	R	I	N
D	J	A	N	E	T	I	E	S	M	V	M
F	H	U	U	I	R	E	L	Ü	H	C	S
B	U	C	U	H	T	N	R	E	D	N	Ä
I	E	N	E	L	L	E	T	S	R	O	V
A	E	D	K	J	A	L	P	T	E	C	N
A	I	I	A	E	F	L	H	I	T	A	O
Q	N	A	U	U	L	S	C	O	A	C	S
S	G	L	ß	I	E	N	U	O	V	S	R
Q	A	E	E	H	I	R	D	A	U	V	E
N	N	K	R	I	V	M	N	D	T	C	P
N	G	T	B	E	R	A	T	E	R	I	H

AUßER
EINGANG
COUCH
FUNKELND
SEITEN
VATER
SCHÜLER
PERSON
KAISERIN
ÄNDERN
VORSTELLEN
DIALEKT
BERATER
VIELFALT
BEDAUERN

94.

O	S	Z	W	I	S	C	H	E	N	K	I
G	A	E	D	U	E	R	F	N	T	N	M
N	D	Q	B	I	F	Q	E	Z	R	E	W
A	N	A	L	I	W	I	L	U	A	L	L
M	S	E	S	A	E	E	V	G	U	E	I
A	D	C	H	T	N	U	B	T	E	G	L
R	H	N	A	C	C	O	H	E	R	D	A
E	E	D	O	C	E	Y	I	Z	R	N	T
M	S	D	S	S	B	R	M	T	J	A	U
M	U	W	N	R	R	X	B	A	O	H	R
U	R	J	I	I	A	E	N	E	E	M	B
N	K	D	I	V	K	H	P	U	G	Z	E

BRUTAL
WEBER
HYBRID
FREUDE
HANDGELENK
KINDER
DATEIEN
MANGO
ZWISCHEN
EMOTIONAL
TRAUER
GEBRECHEN
PERSON
FISCHE
NUMMER

95.

L	G	G	S	S	L	Ö	C	H	E	R	O
F	A	X	T	N	H	U	H	M	N	P	V
A	B	A	K	G	E	F	T	U	F	I	C
R	J	K	C	I	R	U	K	E	I	T	H
B	L	I	Ü	R	Z	N	R	E	N	X	A
E	A	N	R	Ö	L	K	A	L	S	R	U
H	G	D	D	H	I	E	M	M	E	E	F
O	A	E	E	E	C	L	S	L	L	L	F
Q	R	R	G	G	H	N	H	F	U	S	E
F	T	V	A	U	B	Ü	O	C	P	D	U
L	E	I	X	Z	K	N	H	K	U	J	R
P	N	P	E	I	B	A	L	L	O	N	D

FARBE
MARKT
FUNKELN
ZUGEHÖRIG
LÖCHER
HERZLICH
GEDRÜCKT
OPFER
GARTEN
CHAUFFEUR
KÜHLER
KINDER
FLUCH
INSEL
BALLON

96.

S	V	E	R	E	H	R	E	N	A	R	O
F	R	A	N	K	R	D	M	X	E	M	G
T	W	P	B	E	G	G	I	B	N	Y	I
V	Q	X	I	A	S	T	U	J	E	V	D
Y	R	G	T	L	U	A	K	T	R	E	N
U	A	D	L	K	S	C	R	Q	H	R	I
M	B	I	J	Y	R	H	H	H	A	S	O
T	R	E	P	P	E	A	B	S	F	A	E
S	Ü	N	B	E	J	S	M	F	E	G	I
J	C	E	G	A	L	L	C	N	G	E	X
T	K	R	I	F	L	O	T	T	E	N	N
R	E	H	C	S	R	R	Ö	E	H	I	A	C

INDIGO
BRÜCKE
MAGIER
MARKT
DIENER
BAUCH
FRANK
FLOTTE
VERSAGEN
TREPPE
GEFAHREN
HERRSCHER
GEEHRT
SAUBER
VEREHREN

97.

S	C	H	U	R	K	E	N	S	A	Z	S
T	Z	T	E	F	R	E	Z	D	M	N	C
Y	J	U	A	T	R	H	A	F	I	E	H
Q	Y	T	T	H	U	X	D	E	V	R	L
B	P	K	A	R	G	I	T	U	M	N	A
A	I	F	F	L	A	S	F	E	R	E	G
R	R	T	Z	E	B	U	H	E	O	G	Z
E	A	O	T	A	I	S	L	G	N	Y	E
S	S	A	R	E	Q	R	M	I	E	S	U
I	C	G	F	A	H	B	B	J	C	K	G
A	H	E	I	L	U	N	G	N	L	H	E
K	P	N	E	T	N	E	Q	I	D	G	R

BITTE
ENORM
ZUTRAULICH
HEILUNG
ZERFETZT
ANMUTIG
SCHLAGZEUGER
ENTEN
SCHURKE
KAISER
BRIEF
FAHRT
GENRE
GRABSTEIN
ERFAHREN

98.

T	S	U	E	R	F	I	N	D	U	N	G
S	Ü	A	A	G	E	J	H	V	T	E	M
N	R	R	I	T	K	D	E	M	O	M	K
E	H	U	K	C	Ü	R	N	U	Q	M	L
T	T	G	E	I	S	E	B	U	A	A	X
S	G	D	S	A	S	L	N	N	W	B	U
I	E	G	N	Z	E	H	E	G	Y	E	O
E	L	D	O	M	N	Z	E	S	X	H	L
M	E	G	I	Ö	N	F	N	B	S	O	V
T	B	S	H	Ü	R	H	A	U	F	E	N
B	I	C	M	O	L	E	F	I	E	W	Z
V	S	N	R	I	D	T	I	D	N	A	B

TÜRKIS
HEBAMME
KÜSSEN
GEFROR
ZWEIFEL
MÜNZEN
BELEGT
BANDIT
MEISTENS
WUNDER
BESIEGT
HAUFEN
VERSAND
ERFINDUNG
SCHÖN

99.

K	E	N	K	H	S	B	N	W	X	K	A
T	I	X	E	R	Z	D	B	E	H	J	M
M	K	R	Ö	G	A	E	L	H	U	I	E
U	E	R	B	F	Ü	T	I	E	L	A	L
E	Z	E	G	A	F	N	S	C	I	A	B
Q	T	H	X	E	F	N	G	L	H	S	M
E	A	E	Y	H	H	M	E	R	A	E	E
O	H	T	G	K	A	Ü	E	T	E	S	N
X	C	S	S	W	R	T	H	C	V	E
A	S	R	G	J	E	E	J	E	I	H	B
J	F	Ü	K	I	J	N	D	N	T	O	Q
N	F	T	T	F	O	B	J	E	K	T	I

SATTE
TÜRSTEHER
FABRIK
STARK
GEHÜTET
TIERE
EMBLEM
ÖFFNET
BAUEN
VERGNÜGEN
SCHATZ
LEISE
OBJEKT
FÜGSAM
ZEICHEN

100.

R	Q	B	I	S	S	D	N	E	M	A	D
E	W	H	G	E	N	O	M	M	E	N	X
G	V	Q	C	W	I	P	M	U	A	R	T
Z	F	U	W	I	F	N	X	L	M	L	L
T	I	T	O	O	L	E	E	S	Q	Z	A
E	C	E	H	W	E	B	L	T	L	Q	K
M	H	L	E	M	D	V	Ü	E	I	P	O
M	E	L	B	O	S	D	S	C	F	E	L
N	A	I	N	E	E	D	I	S	L	A	L
G	A	N	A	N	A	S	A	A	T	X	T
K	Y	G	G	I	K	C	Ü	L	G	N	U
D	A	G	P	O	I	E	F	O	K	U	S

TRAUM
EMPFOHLEN
DAMEN
IDEEN
TELLING
UNGLÜCK
ANANAS
LEITEN
LOKAL
FOKUS
METZGER
ÜBLICH
MANGO
GENOMMEN
TAFEL

101.

E	T	S	E	T	L	Ä	N	V	G	B	L
A	F	U	T	S	Z	M	E	V	I	R	G
U	R	W	R	A	I	T	R	E	Z	E	I
W	I	P	E	S	U	M	O	R	I	N	K
C	S	J	I	B	L	A	M	G	E	N	A
E	E	R	Z	H	E	S	H	E	G	H	L
H	U	B	T	J	K	R	C	B	R	O	M
P	R	N	A	E	V	A	S	E	H	L	U
W	E	I	L	S	P	P	J	N	E	Z	A
H	A	M	P	H	C	S	U	A	T	I	R
H	W	A	I	J	E	N	H	O	R	D	T
E	S	K	X	K	I	R	U	N	D	E	N

FRISEUR
ÄLTESTE
PLATZIERT
VERGEBEN
WEBER
TRAUM
RUNDEN
SCHMOREN
TAUSCH
SPARSAM
SIRUP
KAMIN
EHRGEIZIG
BRENNHOLZ
DROHNE

102.

K	L	A	T	E	C	S	E	N	H	Ä	Z
M	N	A	I	G	T	Ü	R	E	N	M	H
I	H	C	E	O	T	M	M	I	N	C	I
G	I	M	K	L	U	O	Q	R	I	F	D
R	E	L	M	O	U	K	E	L	B	N	K
A	R	V	A	O	L	B	H	L	E	Ü	B
T	H	W	S	Z	E	O	A	G	N	I	Ü
I	C	O	N	W	R	S	N	S	S	K	C
O	S	X	I	D	E	I	T	S	T	C	H
N	U	A	E	E	R	L	U	E	I	I	E
A	R	B	X	D	E	N	F	P	S	R	R
W	E	I	X	R	S	T	Ü	C	K	T	I

SCHREI
KÜNSTLER
STÜCK
ZOOLOGE
TÜREN
EINSAMKEIT
DRINGEND
TRICK
BLASE
ZÄHNE
BÜCHER
NIMMT
BEDROHLICH
WEBER
MIGRATION

103.

```
N Ö H C S U S L B F U A
R D W N N O O U U U N N
M H B E G H U O C I G R
I R C U N J R R H N E T
E H K E D L Ö A H E F I
T G N N L F B A G Ü E
O D Ü H O V F H L O T F
C E L N O T N C T Z T S
H D E J S J E A E E E T
T N G F A T T N R G R E
E I Ä H C S I R F N T G
R W N I W H C G W A E S
```


104.

```
M K R E I S S I E Y Z K
A E T R E H C I S R E V
H M M G I O G I D N I E
P P E I U A V B T G G S
A L D T U J I E A O E C
R P A R K L R R L R R H
G H I O A N T O E K K A
O T L F O E I E O S E R
E K L O N D B K S N N F
G N E S R M O R A W N I
M U H A I N F F N T E U
J P K H I W O L K E N A
```

105.

M	M	F	W	Q	S	R	G	S	A	B	H
B	S	Ü	V	I	C	N	E	T	K	A	F
M	A	X	N	S	H	I	D	N	U	K	W
I	E	N	U	Z	W	V	R	F	P	Y	A
G	I	R	A	L	E	L	E	G	Q	U	R
I	A	E	K	N	B	N	H	L	G	E	D
H	E	O	N	E	E	E	T	Ä	U	I	O
C	T	Q	H	I	N	N	P	M	S	K	S
S	K	D	S	O	E	F	Ü	K	N	R	T
T	N	A	R	D	E	T	R	S	W	U	I
U	U	M	R	L	I	E	S	F	V	M	B
R	P	N	R	G	T	S	F	N	L	M	I

REUMÜTIG
GEDREHT
BANANE
MÜNZEN
FAKTEN
KRUMM
MERKEN
HAUFEN
SCHWEBEN
DISKRET
AUGÄPFEL
ENORM
STEINE
RUTSCHIG
PUNKTE

106.

R	I	N	N	S	A	L	T	K	R	X	A
G	L	A	U	B	E	N	R	H	H	H	L
M	V	E	N	A	L	E	I	K	C	Z	X
U	P	G	E	M	I	S	C	H	T	A	R
F	L	K	R	Z	K	L	A	S	S	E	M
L	T	R	E	L	Ü	H	C	S	H	I	E
G	H	N	I	X	T	R	I	T	T	H	E
L	D	U	Z	O	S	S	S	G	R	U	T
O	B	L	Z	D	D	T	L	B	S	A	ß
F	O	N	I	K	A	I	A	M	F	N	Ö
R	A	I	K	C	E	R	G	N	F	E	R
E	J	H	S	D	O	I	Z	B	D	G	G

RINNSAL
GEMISCHT
SCHÜLER
MACHT
STAND
REIZEND
MITGLIED
ERFOLG
SKIZZIEREN
GRÖSSTE
GLAUBEN
GENAU
EHRBAR
KLASSE
TRITT

107.

T	H	C	I	D	S	N	M	V	A	M	O
R	Q	W	R	A	A	M	V	I	B	D	M
E	B	E	I	L	I	G	Y	T	R	Y	H
T	N	U	A	R	B	F	U	K	E	L	N
U	D	R	M	S	D	V	G	A	N	I	A
E	M	X	U	A	A	E	S	L	N	H	B
R	E	S	U	Ä	H	H	Y	I	H	E	L
Y	T	E	O	Ö	N	D	S	C	O	L	Ö
X	R	S	R	Y	S	K	O	E	L	D	S
K	I	T	S	C	H	I	G	A	Z	E	E
B	E	G	I	R	H	I	N	K	E	N	N
N	H	P	H	A	N	T	O	M	H	F	I

AKTIV
PHANTOM
KITSCHIG
HINKEN
ALARM
ABLÖSEN
EUTER
HÄUSER
EILIG
DAUER
DICHT
GEHÖRTE
HELDEN
BRAUN
BRENNHOLZ

108.

S	O	K	C	E	I	E	R	D	A	O	T
G	N	U	R	E	B	O	R	E	W	M	U
V	T	S	T	K	S	S	E	T	I	H	N
U	R	T	U	B	P	E	I	L	Y	P	N
L	E	O	M	G	E	E	F	K	N	A	E
H	I	F	N	X	Z	D	E	L	W	G	L
F	S	F	U	S	I	H	N	E	E	I	T
G	Ü	O	E	O	E	E	R	T	E	K	L
S	M	G	S	E	S	T	R	G	R	P	L
E	A	V	A	I	L	Ä	E	A	B	R	I
T	I	Q	E	O	N	N	M	W	F	P	T
A	Z	L	S	K	D	B	G	K	W	I	S

GETRÄNK
TAGESZEIT
MARKT
TUNNEL
AMÜSIERT
LEISE
UNMUT
REIFEN
SPEZIES
STOFF
WERTLOS
LIEGEND
STILL
EROBERUNG
DREIECK

109.

E	R	S	N	R	S	T	U	H	L	N	T
G	T	E	A	E	A	V	M	W	E	U	R
N	T	P	T	U	B	O	I	S	N	A	E
U	S	L	F	S	T	R	S	T	R	P	I
Z	R	Ä	L	O	Ö	A	E	E	V	O	S
R	U	N	R	M	L	R	B	W	N	T	S
Ü	D	E	H	E	H	E	T	V	R	H	E
T	G	O	G	A	W	Q	S	Y	V	E	R
S	X	N	T	T	Z	C	G	S	P	K	E
E	B	C	U	E	V	K	A	K	I	E	T
B	T	I	R	B	N	V	C	U	N	R	N
E	Y	M	S	Z	Ü	I	N	E	E	D	I

DURST
BESTÜRZUNG
WEBER
GELASSEN
ECKZAHN
ÜBUNG
STUHL
INTERESSIERT
APOTHEKER
UNTER
ERWERBEN
MOTOR
IDEEN
PLÄNE
TRÖSTER

110.

E	O	U	S	R	N	L	R	E	D	Ä	R
T	E	L	A	K	O	I	A	S	I	Z	V
N	T	M	R	E	P	M	A	T	I	N	I
N	G	P	N	E	U	L	U	M	N	U	G
Ö	L	L	E	B	S	I	A	H	O	E	E
K	O	U	K	E	C	R	G	D	L	D	D
W	F	R	N	N	H	P	H	E	N	Z	Y
O	R	Ä	I	H	A	A	R	Ä	S	F	P
X	E	M	H	O	T	N	R	G	S	O	R
U	V	I	E	L	T	B	K	A	M	O	I
S	P	R	Y	Z	I	R	R	I	G	N	N
K	Y	P	N	G	G	K	I	E	T	L	Z

EBENHOLZ
PRINZ
IRRIG
DOMAIN
DENTAL
PRIMÄR
APRIL
SCHATTIG
GELERNT
HUMOR
KÖNNTE
BRÄNDE
VERFOLGTE
RÄDER
HINKEN

111.

R	E	S	U	Ä	H	N	G	M	Z	A	A
K	A	F	S	K	I	I	M	A	G	Q	A
N	L	I	U	H	F	P	I	R	N	E	N
R	F	U	R	F	D	W	M	K	U	T	G
S	Z	O	U	N	L	Y	Ü	T	T	S	A
C	V	M	E	D	L	L	H	G	I	E	B
H	K	L	F	A	H	R	E	N	E	T	E
A	E	C	O	S	S	U	L	F	Z	L	S
F	H	Q	O	C	J	J	O	S	S	Ä	P
A	C	A	E	T	H	C	S	N	Ü	W	Z
I	M	Z	G	A	S	E	N	I	C	V	A
R	R	I	H	C	S	E	G	E	N	X	I

MÜHELOS
VORHIN
ANGABE
HÄUSER
ELEND
ÄLTESTE
MARKT
FAHREN
WÜNSCHTE
MUFFIG
SCHAF
GESCHIRR
STOCK
ZEITUNG
FLUSS

112.

Y	G	T	I	R	R	S	E	N	T	E	N
T	H	I	A	Y	X	E	U	E	R	M	E
R	A	C	R	D	R	V	T	K	O	I	A
E	R	V	I	E	N	O	U	I	Y	E	L
D	M	E	W	L	P	E	T	A	E	Y	Y
N	O	R	L	U	Z	L	B	U	M	H	U
I	N	G	P	J	H	R	O	E	A	H	Y
H	I	E	A	U	O	A	E	H	H	S	Ä
R	S	S	S	N	L	B	S	H	I	R	F
E	C	S	S	I	L	S	A	E	G	H	E
V	H	E	I	O	A	S	L	E	B	U	J
N	N	N	V	R	H	E	R	M	Z	I	H

PASSIV
ÄRGER
HOLPERIG
HERZLICH
HEITER
JUBEL
ESSBAR
ENTEN
HALLO
JUNIOR
VERHINDERT
VERGESSEN
ERHEBEND
HARMONISCH
AUTOR

113.

G	E	B	Ä	U	D	E	S	H	K	A	N
V	E	U	R	O	P	A	M	A	T	T	N
G	F	E	I	L	S	C	H	E	N	E	U
E	C	L	U	R	U	J	I	B	D	D	A
M	P	L	I	A	W	L	A	N	P	N	H
A	K	G	T	N	E	J	U	E	L	E	C
L	Y	T	H	T	R	R	W	H	V	L	S
T	H	O	S	T	U	Ä	R	O	S	L	R
Y	U	Z	F	U	L	H	R	E	S	O	O
M	M	N	J	D	B	H	C	A	T	V	V
N	A	Y	E	I	I	O	V	S	B	U	N
S	N	R	R	N	X	I	R	Q	R	I	E

ROBUST
EUTER
WÄLDER
FEILSCHEN
HUMAN
SCHUTT
TEILE
SANFT
VORSCHAU
VORHIN
RUNDEN
GEMALT
EUROPA
VOLLENDET
GEBÄUDE

114.

S	O	L	T	S	O	R	T	A	E	Z	N
A	R	E	G	R	Ä	P	N	F	G	Z	L
V	I	M	I	Y	T	F	X	I	O	B	E
R	E	E	I	U	Ü	R	G	F	L	S	G
E	K	R	M	G	R	A	F	H	O	U	E
M	A	O	E	A	T	G	Q	L	I	A	S
M	U	N	R	I	I	I	R	H	D	T	Z
U	O	H	E	A	N	L	S	F	R	L	U
N	R	R	R	H	L	I	S	N	A	A	C
A	F	M	H	E	W	L	G	T	K	S	K
J	I	X	D	I	N	N	E	T	P	Q	E
T	K	E	S	N	I	V	B	Z	J	I	R

TROSTLOS
SEGELN
NUMMER
FREITAG
FRAGIL
KARDIOLOGE
ATLAS
VEREINIGT
INSEKT
ÄRGER
EMAIL
KORALLE
ANFÜGEN
ZUCKER
UHREN

115.

K	Q	E	T	S	R	E	G	G	A	P
H	I	P	L	E	I	T	E	I	M	M	L
R	G	I	M	O	E	T	H	T	W	S	I
O	X	T	U	ß	N	C	H	H	I	L	Q
T	O	T	Ö	E	S	R	E	C	N	B	J
A	P	R	M	T	E	S	G	Ü	D	L	M
R	G	O	U	T	H	E	N	S	E	P	O
E	M	R	Ä	C	F	N	E	H	U	K	R
P	S	V	E	Ü	V	E	B	C	S	C	G
O	M	D	L	M	A	T	I	A	V	I	E
G	I	L	L	G	N	N	E	R	P	R	N
E	T	S	A	I	W	U	R	H	E	T	I

OPERATOR
EIDECHSE
MORGEN
GRÖßE
MOMENT
GERSTE
UNTEN
GEFÜLLT
WINDE
VÄTER
RACHSÜCHTIG
REIBEN
PLEITE
TRICK
RUTSCHIG

116.

U	Y	G	O	S	T	S	R	E	D	N	A
I	B	I	A	Y	N	T	U	N	V	K	M
Q	L	H	I	N	E	M	H	E	N	N	A
B	U	C	H	A	V	R	I	T	E	T	Y
O	X	L	C	W	L	E	G	E	L	K	R
T	A	I	U	L	O	K	C	T	L	O	R
S	N	M	A	E	S	I	H	L	Ü	S	Ü
C	O	T	B	D	B	T	F	A	F	T	H
H	T	S	S	I	A	P	A	F	R	Ü	R
A	R	K	V	E	A	O	Y	T	E	M	E
F	A	R	I	W	K	M	A	N	G	O	N
T	K	N	G	T	S	D	I	E	W	A	D

KARTON
WEIDE
ANDERS
ENTFALTETEN
KOSTÜM
ANNEHMEN
OPTIKER
RUHIG
BAUCH
ABSOLVENT
RÜHREND
ERFÜLLEN
MANGO
MILCHIG
BOTSCHAFT

117.

S	N	N	P	R	K	S	W	T	H	X	N
S	E	A	E	G	O	E	G	F	C	E	E
T	F	M	A	T	T	I	G	Ä	S	T	L
E	L	L	U	E	F	E	L	H	I	L	L
C	E	L	K	B	F	A	Z	C	R	O	Ü
K	H	A	L	A	E	H	H	S	F	V	F
E	R	I	L	D	N	H	X	E	I	E	R
N	O	L	I	S	O	S	H	G	Z	R	E
G	E	T	M	S	R	E	M	M	I	T	S
N	O	U	A	K	K	T	S	E	L	I	G
K	S	C	H	N	Ö	R	K	E	L	I	G
I	N	R	A	K	W	I	S	S	E	N	D

GEFALLEN
HAFTEN
RAKETE
FRISCH
GESCHÄFT
KRONE
REVOLTE
ERFÜLLEN
WISSEND
SELIG
STECKEN
IDEAL
STIMME
HELFEN
SCHNÖRKELIG

118.

R	U	P	R	U	P	S	P	F	U	N	D
A	G	I	L	E	H	C	A	T	S	B	M
B	I	C	I	A	I	E	A	G	E	Z	O
R	R	U	N	U	C	R	P	M	T	L	M
U	R	W	M	S	E	H	Ü	G	R	A	Z
D	E	P	H	N	L	H	E	S	A	K	F
E	P	H	A	E	E	U	V	N	K	O	D
R	S	S	D	N	X	W	H	G	T	S	R
F	L	E	X	I	B	E	L	Y	A	S	O
B	E	L	A	U	B	T	R	P	T	J	H
L	E	T	T	I	M	Q	B	E	D	N	N
G	E	F	U	N	D	E	N	I	I	V	E

ARENA
BEMÜHEN
LACHEN
FLEXIBEL
PURPUR
MITTEL
HEXEREI
DROHNE
SPERRIG
GEFUNDEN
TRAKTAT
STACHELIG
PFUND
BELAUBT
BRUDER

119.

K	L	E	I	N	S	T	E	N	T	G	E
H	A	H	K	R	E	I	S	A	D	I	D
B	T	M	Y	R	I	C	G	Q	I	R	I
E	Ä	S	M	U	H	E	G	L	P	Ö	E
K	R	L	J	I	S	E	A	A	F	H	R
A	E	R	C	L	S	L	S	T	L	E	K
N	G	K	I	P	E	F	H	U	E	G	U
N	O	C	I	Q	J	S	V	R	G	U	D
T	H	E	E	T	T	I	M	B	E	Z	S
T	L	N	E	F	P	U	Z	A	N	I	H
T	W	A	C	H	S	A	M	K	E	I	T
X	N	B	E	R	E	I	T	S	H	Y	B

KREIDE
ZUPFEN
PFLEGEN
GESPIELT
MITTE
ZUGEHÖRIG
SCHICK
BEREITS
BRUTAL
WACHSAMKEIT
KREIS
GERÄT
TAGESLICHT
BEKANNT
KLEINSTE

120.

S	T	E	N	H	C	E	R	E	B	A	X
E	G	S	T	R	A	H	L	E	N	D	M
R	R	G	Y	P	P	C	B	I	S	O	N
E	O	U	I	L	I	E	G	A	P	A	P
I	S	M	S	H	L	H	E	L	F	E	N
Z	E	A	U	A	C	N	L	F	V	Y	A
I	B	V	K	A	H	S	H	W	T	N	O
F	P	O	N	B	A	S	T	A	W	E	B
F	L	G	Q	R	R	D	S	A	W	L	L
O	S	O	J	A	M	T	L	Y	M	I	I
T	I	F	W	P	E	T	N	N	A	E	E
Y	W	D	X	N	I	P	A	U	L	T	B

BLIEB
BESORGT
HELFEN
TEILEN
LOKAL
MATSCHIG
TASTEN
CHARME
BISON
BERECHNET
ANGST
ANWALT
STRAHLEND
OFFIZIERE
PAPAGEI

121.

N	Y	M	T	G	B	Ü	R	S	T	E	A
E	E	T	W	A	T	G	K	N	A	R	F
P	M	T	Z	Ü	T	A	G	L	R	I	B
P	U	R	R	T	Q	K	M	I	T	T	E
U	L	E	E	A	E	E	A	K	H	Q	F
R	N	U	U	G	W	F	M	R	U	L	U
G	E	H	M	Q	E	R	R	M	T	X	G
O	I	I	Ü	M	Q	S	E	E	I	O	N
E	G	I	T	H	C	Ü	S	V	Z	T	I
T	O	F	I	A	S	C	H	A	F	N	S
G	F	G	G	R	I	D	I	O	M	F	S
N	G	I	M	M	I	T	S	N	I	E	E

BÜRSTE
ERWARTEN
TRAKTAT
BEFUGNISSE
SÜCHTIGE
GRUPPEN
STIMME
TÜREN
EINSTIMMIG
SCHAF
REUMÜTIG
IDIOM
MITTE
FRANK
ZERFETZT

122.

X	D	V	S	T	Z	P	S	N	A	U	B
E	N	U	E	S	W	O	P	G	M	M	R
L	R	M	I	M	R	L	W	E	A	B	A
U	E	J	H	G	B	X	A	N	N	A	U
Q	D	T	E	S	L	L	G	E	T	N	N
O	E	A	I	K	D	G	E	H	E	G	L
K	F	R	K	P	D	H	M	M	L	E	N
Ö	U	F	O	J	A	N	U	I	O	B	E
P	S	Y	S	G	K	K	T	G	Y	O	D
F	F	A	R	M	E	R	A	E	I	T	E
E	T	E	D	R	E	E	G	N	S	E	I
H	C	S	I	H	C	E	I	R	G	N	S

ANGEBOTEN
FEDERND
SIRUP
GENEHMIGEN
MANTEL
FARMER
GRIECHISCH
SORGE
SIEDEN
KÖPFE
GEERDET
BRAUN
EMBLEM
KAPITEL
WAGEMUT

123.

R	Q	M	C	R	B	G	S	V	D	A	T
N	E	G	A	Ü	O	M	K	E	N	C	I
N	M	K	R	K	Y	M	F	I	M	E	E
K	E	G	C	U	T	E	U	A	A	H	K
R	R	E	N	L	U	K	N	R	H	N	O	G
R	E	A	N	T	Z	U	E	U	G	L	I
S	Z	G	V	E	M	U	I	H	E	P	D
P	O	O	E	O	N	U	S	C	L	E	Ü
I	S	E	M	I	C	E	E	S	H	R	M
T	C	H	H	B	R	A	B	D	A	I	Z
Z	I	M	L	X	I	K	D	F	F	G	N
R	E	U	A	R	T	E	I	O	T	R	D

SPITZ
BENENNEN
MÜDIGKEIT
HOLPERIG
REISE
ZOMBIE
ENTKAM
BÜRGER
ZUCKER
HUMOR
AVOCADO
TRAUER
KRIEGER
MANGELHAFT
DEFEKT

124.

S	A	E	N	M	W	Ü	T	E	N	D	A
Z	V	E	R	T	R	E	T	E	R	M	S
L	N	E	G	W	V	L	Q	L	I	S	O
G	N	E	U	Z	E	R	H	A	J	U	L
N	R	E	U	A	L	R	M	I	P	B	S
E	E	A	T	E	G	O	B	N	L	O	G
H	I	R	F	L	R	Z	M	E	O	L	N
C	S	L	E	T	A	F	T	G	N	G	U
I	E	S	S	I	C	H	R	A	H	S	N
E	N	Q	E	A	T	F	T	E	S	W	H
L	D	J	G	I	W	X	N	N	I	B	A
G	E	D	O	L	L	A	R	I	E	X	A

REISENDE
GLOBUS
STROM
ABSATZ
DOLLAR
ERWERBEN
AHNUNGSLOS
GLEICHEN
JAHRE
VERTRETER
TIERE
ERFREUEN
ENTHALTEN
GENIAL
WÜTEND

125.

Z	W	G	R	I	N	S	E	N	D	E	E
A	L	R	E	K	N	A	B	M	Q	T	M
F	V	O	I	J	G	L	Ü	C	K	S	U
N	O	E	H	Z	U	T	B	X	U	R	Ä
E	N	L	R	N	G	A	A	X	Y	E	R
L	G	L	L	Z	E	A	F	O	L	G	L
L	I	E	H	I	E	B	G	L	A	T	T
E	G	G	I	Y	O	R	E	M	I	P	S
B	V	E	T	S	F	V	R	M	G	O	H
A	D	N	K	Z	T	S	E	T	I	L	E
T	I	D	K	O	P	F	T	U	C	H	N
H	J	E	I	D	R	O	I	N	U	J	Y

GRINSEND
LEGENDE
GEIST
TABELLEN
ELITE
GLATT
GERSTE
KOPFTUCH
JUNIOR
VERZERRT
EBENHOLZ
BANKER
ATLAS
GLÜCK
RÄUME

126.

H	I	L	F	L	O	S	N	W	U	R	B
C	A	L	A	I	N	E	G	M	N	E	L
S	D	Z	D	I	R	R	J	A	E	Y	L
I	I	M	U	H	E	L	L	I	G	E	I
L	W	L	A	T	P	A	N	M	I	O	T
G	Z	F	H	L	L	F	G	E	E	B	S
N	R	C	A	H	L	R	E	S	T	W	O
E	O	N	A	U	E	B	D	S	S	O	H
T	K	S	S	B	U	W	R	E	S	H	P
E	X	S	E	A	U	C	E	R	K	L	A
U	E	I	R	W	I	V	H	N	B	G	R
N	L	T	I	L	K	Z	T	P	B	D	G

HILFLOS
LIEBER
ERFAHREN
GENIAL
GEDREHT
STEIGEN
TRAUBE
STILL
TOCHTER
MESSER
PLANKE
BEEINFLUSSEN
ENGLISCH
GRAPH
OBWOHL

127.

S	S	X	G	A	M	U	S	E	U	M	A
T	P	O	Y	I	Y	R	P	V	M	G	M
G	O	P	S	T	T	I	W	A	M	E	G
I	H	I	R	P	U	H	F	U	T	K	I
D	T	A	S	L	A	A	C	G	Y	R	N
Ä	P	S	V	U	L	N	L	I	A	O	R
H	E	W	I	H	H	O	I	C	W	S	O
C	T	E	C	G	F	S	H	S	C	E	D
S	T	S	S	R	N	E	K	C	C	N	G
E	O	Q	E	O	R	A	J	E	A	H	Q
B	L	V	J	I	J	B	L	X	N	L	W
C	F	O	I	G	L	O	B	U	S	I	F

GEWICHTIG
MUSEUM
GUAVE
BESCHÄDIGT
SPANISCH
FLACH
FLOTTE
RACHE
ROSEN
PARTY
VERFOLGTE
DORNIG
GLOBUS
SIGNAL
SCHLAF

128.

R	O	G	P	V	T	L	S	T	Q	I	W
E	E	E	E	R	A	B	Z	N	U	E	N
G	F	M	A	F	E	Q	E	I	I	Y	E
Ä	M	U	S	D	Ü	G	U	H	T	N	L
J	E	Ä	E	I	Ä	H	N	R	T	V	E
R	A	C	C	W	C	A	L	S	E	R	W
R	K	Q	R	H	C	H	P	E	T	Y	U
T	O	E	E	H	T	A	E	R	D	L	J
S	S	E	T	S	N	I	A	R	N	E	G
A	T	E	F	N	P	G	G	I	A	K	I
C	N	U	E	C	E	J	M	N	T	N	F
F	G	N	U	N	G	I	E	I	S	O	D

ERTRAGEN
ERWÄGEN
BEDECKT
TRAUER
STAND
MÄCHTIG
SICHER
JÄGER
GEFÜHLE
ENTSPANNEN
WEIHNACHTEN
EIGNUNG
ONKEL
JUWELEN
QUITTE

129.

N	G	E	S	I	T	R	O	T	Z	T	D
T	C	V	A	P	M	Y	T	M	Z	I	A
E	R	E	K	I	S	U	M	T	A	R	K
H	T	Z	U	Z	Y	I	I	L	B	E	G
T	L	S	N	B	L	S	E	E	T	S	E
T	X	A	H	C	B	K	Z	L	U	S	S
R	Y	E	H	C	T	Ü	H	B	E	A	F
A	O	I	T	N	Ö	S	F	I	Q	L	O
U	G	V	I	N	C	H	R	F	I	K	S
M	Z	L	E	J	O	D	A	N	E	A	D
I	Y	Y	R	C	X	K	K	P	I	L	G
C	N	S	E	I	L	A	M	H	C	O	N

TRAUM
KONTEXT
HÖCHSTE
RIESE
DIALEKT
MUSIKER
TROTZ
NOCHMAL
FLINK
ZEBRA
TIERE
SITZT
KLASSE
MILCHIG
BÜFFEL

130.

N	M	S	W	S	A	U	B	E	R	H	V
E	A	Z	K	A	P	D	L	U	N	C	M
M	G	W	R	J	S	F	A	E	N	U	I
M	T	E	E	Z	U	S	F	P	O	B	D
O	L	C	I	X	T	I	E	Q	T	E	A
N	E	K	S	Z	E	L	O	R	Ä	G	M
E	F	E	F	R	I	H	L	N	R	A	M
G	P	E	Ö	O	O	G	E	S	E	T	U
R	Ä	N	R	S	M	R	M	Y	G	D	R
H	G	T	M	A	H	F	R	D	O	I	K
A	U	E	I	U	U	E	Ä	B	N	I	H
W	A	N	G	H	C	I	L	M	E	I	Z

SAUBER
UHREN
REIFEN
WAHRGENOMMEN
TAGEBUCH
WASSER
KRUMM
ZWECKE
ÄRMEL
ZIEMLICH
GEIZIG
GERÄT
AUGÄPFEL
ENTEN
KREISFÖRMIG

131.

W	E	S	G	E	K	A	U	F	T	R	V
W	C	C	T	A	S	G	K	C	E	S	E
M	K	M	W	N	Y	A	T	T	I	I	R
M	Z	B	U	J	R	R	T	H	S	N	Ä
S	A	L	A	O	Ä	I	P	E	I	M	R
D	H	A	T	N	R	L	M	R	G	I	G
A	N	T	E	H	A	W	S	B	O	E	E
N	E	N	J	M	A	N	S	S	X	H	R
K	G	Ä	H	N	E	N	E	T	S	E	N
E	W	U	R	Z	E	L	N	A	U	G	Y
N	I	G	B	E	H	C	I	E	R	T	S
N	N	O	I	T	P	E	Z	E	R	I	X

EISIG
REZEPTION
GÄHNEN
GEHEIMNIS
RITTER
WURZELN
DANKEN
VERÄRGERN
GEKAUFT
BANANE
KAROTTE
HERBST
TRÄNEN
STREICH
ECKZAHN

132.

S	M	S	N	E	K	C	Ü	M	H	C	S
J	T	V	P	M	A	C	O	F	I	S	T
P	I	M	I	E	K	I	R	S	C	H	E
V	D	O	A	U	S	B	E	U	T	E	N
L	N	R	J	Q	N	R	E	D	N	I	L
Z	A	A	T	E	M	L	B	I	E	R	T
H	B	L	H	B	E	G	O	L	O	I	B
N	E	H	C	N	R	Ö	H	H	C	I	E
Z	S	G	I	U	E	H	C	I	E	L	S
Y	I	N	W	A	Y	E	P	P	E	R	T
I	W	U	E	M	R	E	C	H	T	E	C
S	M	N	G	H	C	S	I	L	G	N	E

LINDERN
BIOLOGE
EICHHÖRNCHEN
BANDIT
TREPPE
AUSBEUTEN
LEICHE
TREIB
KIRSCHE
UNBEQUEM
GEWICHT
ENGLISCH
MORAL
SCHMÜCKEN
RECHTE

133.

D	Z	F	G	U	M	S	F	R	A	W	F
F	M	E	I	N	E	G	O	M	R	J	Ü
U	U	N	M	G	L	R	R	X	I	B	G
M	I	U	I	A	B	Ä	M	W	E	S	X
L	N	T	E	U	O	D	U	R	S	T	A
B	N	Z	L	N	R	N	L	K	O	E	K
R	E	L	H	E	P	E	I	H	R	I	O
A	L	O	C	R	I	G	E	A	Ü	G	S
V	L	S	S	T	S	E	R	Z	B	E	T
O	I	A	U	M	M	L	T	J	I	N	Ü
V	M	N	G	M	O	N	O	K	Ö	U	M
N	G	H	E	N	G	S	T	Q	A	I	B

BÜROS
GAUNER
HENGST
FORMULIERT
KOSTÜM
GENIE
ÖKONOM
STEIGEN
LEGENDÄR
PROBLEM
BRAVO
ÜBERLEITUNG
NUTZLOS
MILLENNIUM
SCHLEIMIG

134.

S	F	T	N	K	Ö	N	I	G	I	N	O
A	X	I	B	I	Z	A	R	R	D	D	I
F	M	E	L	E	B	A	K	I	N	K	V
R	T	K	P	E	E	H	U	E	N	L	E
A	N	M	O	E	G	R	G	W	A	L	R
G	A	A	L	G	I	E	E	A	N	V	R
I	K	S	I	H	I	S	I	I	O	F	A
L	A	H	E	L	N	L	A	Z	T	S	T
X	V	C	R	R	S	F	I	T	H	Y	E
I	C	A	T	P	L	O	A	E	N	N	N
O	I	W	G	E	Z	A	C	K	T	A	N
B	A	L	R	I	H	Y	B	R	I	D	F

HYBRID
LIEGEND
KÖNIGIN
VAKANT
FANTASIE
POLIERT
BIZARR
TIERE
WACHSAMKEIT
VERRATEN
ZIEGEL
EILIG
FRAGIL
GEZACKT
KABEL

135.

Q	I	S	I	Q	W	O	C	H	E	N	K
H	J	A	W	N	R	I	E	S	I	G	Z
K	C	M	B	A	T	I	E	L	L	Ä	F
R	N	S	U	L	S	U	U	Q	R	X	B
N	E	H	Ü	L	E	T	I	A	P	C	I
E	S	M	S	L	R	N	R	T	B	S	L
N	Ö	V	M	H	P	E	K	O	I	O	D
R	L	U	G	U	N	S	D	U	N	V	E
A	J	W	S	S	N	N	S	I	N	O	R
W	N	E	M	M	A	S	U	Z	E	G	M
N	E	G	I	T	Ä	T	S	E	B	L	V
N	O	I	T	P	E	Z	E	R	I	W	K

NUMMER
INTUITIV
KLEIDER
PLÜSCH
ASTRONOM
BESTÄTIGEN
ABLENKUNG
WOCHEN
LÖSEN
WARNEN
RIESIG
ZUSAMMEN
REZEPTION
BILDER
FÄLLE

136.

G	M	S	M	H	C	I	L	R	R	E	H
E	O	O	U	P	A	O	C	Q	W	L	M
S	W	N	T	U	M	R	A	I	E	I	N
T	M	O	I	B	U	X	K	U	R	E	E
Ä	L	M	G	E	Y	C	R	G	T	B	T
R	A	I	L	N	O	U	A	E	L	T	I
K	T	K	V	H	T	H	N	N	O	E	E
T	A	O	C	S	F	Y	R	I	S	S	L
E	J	S	C	S	H	E	E	A	K	N	G
N	A	H	F	B	U	G	G	L	C	F	I
V	E	G	I	E	B	N	E	D	I	E	L
N	N	D	T	B	I	D	N	H	H	H	M

SCHOCK
GESTÄRKTEN
ARMUT
ANREGEN
KIMONO
MUTIG
BEIGE
LEIDEN
TEUER
LIEBTE
HERRLICH
GLEITEN
RUTSCHEN
GENIAL
WERTLOS

137.

T	N	C	S	H	G	I	ß	I	E	R	D
Q	A	A	P	E	J	A	N	R	R	M	T
N	Y	B	C	Q	Y	B	E	I	N	D	H
O	I	Z	E	H	U	N	K	S	G	L	A
U	B	M	B	L	T	R	C	T	I	O	R
E	I	A	A	R	L	L	I	R	S	N	T
H	T	W	Ä	K	U	E	N	E	E	K	N
J	T	G	Q	B	O	D	N	S	D	E	Ä
N	E	T	K	E	S	N	I	S	S	L	C
A	R	N	E	G	G	A	L	F	S	U	K
H	C	S	I	N	A	P	S	O	C	P	I
O	N	Y	L	T	L	A	H	N	I	Y	G

ONKEL
NACHT
GÄRTNER
HARTNÄCKIG
INHALT
STRESS
KAMIN
SPANISCH
FLAGGEN
TABELLEN
BITTER
NICKEN
DREIßIG
INSEKTEN
DESIGN

138.

O	L	C	Y	Q	S	X	R	G	A	L	N
P	E	D	L	Ä	M	E	G	X	V	E	B
M	M	F	S	P	I	E	L	E	R	E	S
E	R	E	E	P	U	G	E	H	F	E	X
G	Ä	L	A	G	Z	R	A	R	E	F	G
O	G	P	J	L	W	F	I	L	R	R	L
L	H	D	O	A	R	E	E	E	E	E	Z
O	V	T	R	E	D	N	U	B	T	S	T
O	S	T	N	I	V	N	S	T	M	U	A
Z	E	U	G	O	D	I	A	T	W	I	S
T	K	E	L	E	E	S	L	O	N	B	R
G	N	L	B	N	I	U	A	N	E	G	E

SEELENVOLL
ERSATZ
GEMÄLDE
SPIELE
PAPIER
BEFRIEDIGEN
ERWARTET
EISBERG
STOLZ
ZOOLOGE
GENAU
SATTE
ÄRMEL
UNERFAHREN
FREUNDE

139.

X	L	H	A	F	T	E	N	S	F	R	E
A	I	Y	P	G	I	L	L	I	W	N	U
U	T	M	J	S	T	O	F	F	I	O	L
J	B	P	U	E	S	A	L	B	L	B	E
H	U	E	E	N	L	D	L	O	B	O	K
A	S	T	K	A	L	L	E	S	U	R	G
S	H	R	C	U	N	S	C	H	A	R	F
T	O	H	E	O	E	A	N	U	E	S	Z
I	S	E	W	R	U	L	D	S	U	T	S
G	W	L	Z	L	T	B	L	A	Q	E	V
S	W	E	A	I	E	B	M	O	W	H	O
Q	N	G	F	N	R	J	Z	C	T	T	I

BLASE
HASTIG
KOBOLD
EUTER
ZWECKE
TOLLE
LACHS
UNWILLIG
UNSCHARF
HAFTEN
STEHT
SUBTIL
GELEHRTE
GRUSEL
STOFF

140.

T	S	Z	V	U	G	D	V	G	I	M	H
A	U	N	E	E	F	E	A	H	Q	I	K
J	V	M	N	R	R	A	I	M	M	J	J
S	U	I	N	S	F	U	K	M	E	L	L
U	U	L	U	U	H	O	L	T	B	N	A
S	D	C	E	R	L	I	L	T	O	Q	L
H	H	N	E	S	S	B	H	G	O	R	E
P	K	N	E	C	S	E	I	S	E	E	F
S	S	N	H	R	R	E	X	S	R	N	I
F	U	N	A	D	H	A	F	H	O	M	E
I	Y	C	E	P	W	Ü	A	N	N	N	W
N	T	G	K	O	P	J	F	I	P	N	Z

FESSEL
UHREN
VERSUCH
JAHRE
HIMMLISCH
FAKTOR
GENIUS
GEDREHT
BISON
FÜHREND
DAMEN
ERFOLGEN
UNMUT
KNAPP
ZWEIFEL

141.

B	Q	J	H	S	S	P	N	L	V	O	N
N	E	Y	G	O	A	E	N	E	R	M	E
V	M	V	L	L	F	I	T	K	Ä	L	R
Q	U	D	O	U	E	A	B	N	U	E	Ä
L	A	K	A	R	B	I	A	O	M	H	L
T	F	H	A	L	Z	X	C	O	E	R	K
L	E	K	I	M	B	U	D	H	P	E	R
J	I	E	O	Y	E	E	G	M	E	R	E
S	R	O	U	W	R	R	N	E	J	N	S
T	B	H	A	N	I	J	A	Z	N	I	J
Q	S	Ü	C	H	T	I	G	E	I	Z	O
B	N	N	E	S	S	A	P	N	A	N	I

ONKEL
BEVORZUGEN
ETABLIERT
KAMERA
ANPASSEN
HAUFEN
GLEICHEN
ERKLÄREN
SOLDAT
RÄUME
LEHRER
BENZIN
MODERN
BRIEF
SÜCHTIGE

142.

F	E	M	S	R	E	T	I	E	B	R	A
I	A	Y	S	N	N	E	B	U	A	R	T
E	F	M	I	E	S	L	Z	B	H	G	P
B	L	I	D	S	Y	L	Z	U	L	O	F
E	L	I	R	S	M	I	S	X	T	A	G
R	E	O	O	A	B	R	L	E	E	E	B
L	U	H	B	L	O	B	N	R	G	E	L
O	T	A	U	H	L	Z	K	E	W	R	E
G	R	S	S	C	I	E	S	Ä	Q	ß	I
N	I	X	T	A	N	S	H	K	Ö	I	H
J	V	T	L	N	E	R	I	R	Q	K	E
D	N	S	E	N	T	I	G	Z	F	M	N

GRÖßE
POTENZIAL
BEWÄHRT
LEIDEN
ROBUST
LEIHEN
VIRTUELL
TRAUBE
ARBEITER
ERKENNE
FIEBER
SYMBOL
NACHLASSEN
BRILLE
GEGESSEN

143.

M	L	E	F	I	E	W	Z	S	S	A	H
J	V	C	H	A	M	P	I	O	N	M	L
E	S	Z	T	G	S	I	Z	J	H	G	G
T	ß	S	T	A	R	N	E	U	C	E	A
W	Z	Ö	U	E	L	E	H	S	I	K	A
A	H	B	R	L	N	T	C	L	L	A	N
E	E	A	H	G	F	N	S	K	M	U	R
R	L	O	K	G	O	E	I	S	I	F	E
N	L	E	H	C	Ä	L	D	S	E	T	G
F	A	N	R	E	H	C	I	K	H	I	E
R	A	B	G	E	R	R	E	N	N	X	N
N	E	R	Ö	T	S	I	N	X	U	P	D

KICHERN
NEIDISCH
TENNIS
GEKAUFT
ANREGEND
STÖREN
FLUSS
GRÖßE
LÄCHELN
SAUBER
UNHEIMLICH
ENTEN
CHAMPION
ERREGBAR
ZWEIFEL

144.

S	E	S	E	I	D	V	A	G	E	C	B
Y	H	M	B	A	G	R	R	G	Q	X	R
I	M	M	A	W	O	U	I	R	H	L	O
Y	S	U	N	M	S	Z	N	O	L	F	M
M	C	R	A	E	T	E	R	A	S	A	B
T	H	K	L	O	Z	I	T	B	T	O	E
H	W	S	R	N	Z	D	E	R	A	O	E
G	E	T	Ü	O	Q	U	K	U	P	J	R
S	S	M	N	N	Y	T	A	F	E	S	E
A	T	T	Y	M	C	S	A	E	L	R	I
T	E	G	A	T	S	R	E	N	N	O	D
N	R	T	E	N	E	M	M	A	L	F	I

STAPEL
BROMBEERE
GRUSEL
STUDIE
TROTZIG
HORIZONT
DIESE
ABRUFEN
KRUMM
SCHWESTER
AROMA
BANAL
MÜNZEN
FLAMMEN
DONNERSTAG

145.

G	Y	U	V	Y	S	N	H	S	F	W	A
N	M	Ü	N	Z	E	N	J	T	M	R	L
U	F	V	Z	W	A	V	I	A	L	E	I
S	G	U	E	L	I	P	N	R	L	G	H
S	U	N	T	R	O	L	E	R	P	N	T
A	A	E	U	I	G	H	L	E	L	Ü	R
F	N	H	H	N	C	N	N	I	V	D	E
R	Z	O	Q	S	H	Y	Ü	E	G	S	I
E	A	G	I	K	C	O	L	G	B	W	S
L	E	F	F	Ö	L	A	L	Y	E	E	Ü
C	I	G	E	L	U	N	G	E	N	N	M
T	C	H	R	I	S	T	E	N	B	J	A

MÜNZEN
ALTEN
BELOHNUNG
LÖFFEL
LOCKIG
CHRISTEN
UNWILLIG
DÜNGER
ERFASSUNG
AMÜSIERT
STARRE
FISCHER
VERGNÜGEN
EBENHOLZ
GELUNGEN

146.

M	Y	L	S	T	Ä	T	I	L	A	U	Q
U	Ö	H	N	E	R	H	Ü	R	N	P	N
M	G	B	C	F	I	Y	F	G	G	E	X
T	N	N	E	U	U	Q	E	G	G	O	Z
K	E	T	U	L	T	F	Z	A	M	U	J
C	D	G	E	T	Ü	F	W	L	F	K	R
A	L	E	D	T	H	T	P	R	C	Ü	E
Z	O	L	T	A	S	C	I	O	S	S	U
E	G	E	V	A	F	E	I	G	K	S	A
G	R	B	L	I	D	V	A	R	P	E	R
T	W	Y	I	E	T	E	I	L	E	N	T
I	N	B	N	K	M	I	A	M	O	R	A

TRAUER
KÜSSE
LASTWAGEN
ZUFRIEDEN
MÖBEL
RICHTUNG
RÜHREN
BELEGT
GEZACKT
TEILEN
AROMA
UNGEFÜTTERT
GOLDEN
QUALITÄT
KOPFTUCH

147.

J	N	L	H	A	M	S	N	H	Z	X	T
U	N	A	I	M	M	E	R	I	J	M	E
G	A	W	Z	R	H	I	T	B	U	E	E
E	G	U	L	E	N	T	M	X	R	A	L
N	E	L	G	T	E	P	X	N	A	P	Ö
D	B	E	L	R	T	O	E	E	N	O	F
L	N	H	N	I	E	G	L	M	O	R	F
I	Ä	E	O	Q	R	Y	H	M	C	U	E
C	G	S	S	J	T	S	A	O	H	E	L
H	E	L	A	S	N	R	T	K	M	B	E
F	L	J	I	K	I	I	S	E	A	N	R
E	G	Ü	L	F	E	W	L	B	L	O	I

BEGANN
TEELÖFFEL
BEKOMMEN
EINTRETEN
GENRE
FLÜGE
NOCHMAL
STAHL
WISSEND
GEHEN
ZITTERN
EUROPA
IMMER
JUGENDLICH
NÄGEL

148.

F	S	L	G	E	S	P	I	E	L	T	U
A	W	Ö	R	T	E	R	C	Y	M	I	N
M	T	S	U	I	C	H	V	H	S	S	E
U	U	U	W	O	A	S	C	O	S	R	R
L	I	N	X	N	C	I	L	S	E	D	F
A	D	G	C	H	L	A	L	H	C	N	A
H	C	E	A	M	T	N	E	R	R	E	H
N	O	R	E	I	B	T	M	E	S	F	R
E	F	I	O	E	S	O	C	S	P	P	E
H	Z	N	E	R	R	O	A	I	U	O	N
E	D	R	Ü	A	I	Y	A	E	N	R	L
G	E	T	L	I	V	V	G	L	E	T	A

HERREN
MORAL
TÜRSTEHER
ZIEMLICH
WÖRTER
BEERE
ISOLATION
GESPIELT
LÖSUNG
SCHARF
CHANCE
TROPFEND
LEISE
UNERFAHREN
GEHEN

149.

B	A	R	J	M	Z	M	C	S	C	A	W
E	U	R	E	D	S	T	R	O	M	M	G
F	R	N	N	I	P	U	R	P	U	R
Ü	E	E	E	U	I	U	B	N	O	A	L
R	G	G	U	I	U	E	I	A	L	F	J
W	N	L	A	U	D	E	L	L	L	E	B
O	I	O	K	E	T	I	H	K	A	S	E
R	F	F	C	S	O	Z	S	S	H	U	R
T	P	K	B	A	N	I	L	C	S	A	E
E	T	A	U	I	W	A	Q	L	H	P	I
N	R	I	R	C	R	N	X	V	H	T	T
G	H	P	Z	E	I	G	E	N	I	R	J

FOLGE
BEDECKT
KLEINER
BEFÜRWORTEN
HALLO
PAUSE
PRINZ
FINGER
STROM
PURPUR
NEIDISCH
GRABSTEIN
KAUEN
ZEIGEN
BEREIT

150.

E	V	I	S	S	E	R	G	G	A	I	A
S	L	X	R	F	G	E	R	E	I	Z	T
M	F	J	L	Ä	R	I	T	R	O	G	L
K	U	U	Y	E	D	T	G	F	Z	N	F
L	S	T	K	F	A	E	N	E	N	A	A
S	A	C	P	L	N	G	R	I	H	A	G
K	U	H	P	D	G	U	E	R	I	L	S
Z	O	K	W	H	V	Ä	T	P	H	E	T
S	Z	A	J	B	I	S	S	I	G	I	R
J	N	G	A	O	H	C	E	R	F	D	J
N	I	R	I	E	S	E	G	N	J	E	H
N	E	G	N	I	R	B	F	U	A	N	I

SANFT
SÄUGETIER
RÄDER
RIESE
FAHRT
BISSIG
FLUSS
ZUCKER
AGGRESSIV
FRECH
AUFBRINGEN
GEREIZT
GESTERN
LEIDEN
IRGENDWANN

151.

U	G	D	E	H	C	S	I	F	N	Z	D
E	H	N	E	A	M	V	H	I	M	C	B
G	M	E	U	I	U	F	C	E	A	Ö	P
E	U	T	N	T	T	H	N	N	S	P	H
F	Q	F	E	L	T	T	D	A	O	A	Ä
E	D	A	S	S	E	E	R	L	P	Z	N
I	L	H	S	N	R	T	R	H	T	R	O
E	A	G	A	S	I	Y	S	A	E	J	M
R	W	I	L	G	S	I	S	H	R	W	E
T	R	T	K	N	R	U	C	A	B	J	N
I	U	S	S	R	Z	Ä	J	U	M	P	A
N	Q	A	C	I	D	F	X	A	X	E	L

ASTIG
MUTTER
GEFEIERT
NICHTS
FISCHE
URWALD
HAFTEN
RETTUNG
ZUSATZ
ENTEN
ANDERS
KLASSEN
DÄCHER
PHÄNOMENAL
BÖSARTIG

152.

S	R	N	I	S	U	O	C	L	H	E	T
R	A	E	Y	M	F	M	K	U	O	L	R
E	R	I	K	T	H	R	E	W	N	I	Ö
I	U	P	U	I	H	J	I	T	E	Q	S
N	L	O	W	Q	M	G	A	S	H	R	T
O	V	K	V	O	I	E	P	Ü	C	L	E
I	B	H	D	T	T	G	H	S	O	H	R
P	O	E	F	R	D	N	C	C	P	I	D
S	R	Ä	E	E	E	A	A	N	C	S	S
N	R	U	N	R	A	T	O	K	I	R	A
K	E	I	Z	M	I	S	N	Z	A	K	J
T	M	B	L	Ä	N	D	E	R	U	V	I

TRÖSTER
DENIM
COUSIN
TEUER
PIONIER
LÄNDER
KRÄFTIG
HÜHNER
VAKANT
STANGE
KOPIEN
POCHEN
FRISCH
CHEMIKER
MODERN

153.

S	B	H	K	S	O	P	T	I	K	E	R
T	E	Ä	C	E	A	O	E	T	E	M	O
R	T	U	Z	A	I	Z	N	N	G	L	M
O	R	S	X	I	U	E	T	K	O	I	U
M	E	E	L	F	K	K	S	A	I	E	T
T	U	R	V	R	A	F	P	N	S	B	L
P	E	T	I	M	J	Y	A	H	T	L	O
U	R	W	I	S	G	V	N	S	I	I	S
R	E	R	U	G	S	E	N	I	S	N	V
B	L	C	Z	M	D	A	E	Q	C	G	I
A	H	S	A	U	E	R	N	K	H	S	K
E	V	I	T	K	A	R	T	T	A	I	X

ATTRAKTIV
MUTLOS
LIEBLINGS
EGOISTISCH
MUTIG
HÄUSER
SUCHE
ENTKAM
STROM
ENTSPANNEN
BETREUER
SAUER
ABRUPT
BEWIRKEN
OPTIKER

154.

V	G	S	N	N	E	G	N	A	F	E	G
G	N	V	E	A	K	K	P	D	T	T	Z
N	U	M	L	J	H	Y	N	G	B	H	I
A	T	W	I	Q	U	A	R	X	L	E	Y
L	R	P	E	S	R	O	Q	A	H	T	V
K	A	Y	T	T	S	C	H	Ö	N	S	L
L	W	H	S	E	G	Ä	R	T	F	U	A
A	R	O	B	F	R	A	H	C	S	L	S
M	E	X	S	N	E	H	C	E	R	P	S
M	A	N	J	E	M	A	N	D	V	D	U
E	J	I	G	E	T	R	Ä	N	K	E	H
R	L	A	T	I	G	I	D	R	X	L	R

KLANG
BESORGT
STEHT
AUFTRÄGE
DIGITAL
TEILEN
KLAMMER
GETRÄNKE
STRAND
GEFANGEN
JEMAND
SCHÖN
SCHARF
SPRECHEN
ERWARTUNG

155.

U	O	S	N	L	E	D	N	A	H	E	B
W	T	P	A	Z	R	M	J	D	V	R	N
W	G	F	Z	C	I	O	L	G	T	O	E
T	E	U	Y	R	S	I	S	H	Q	H	U
A	I	N	W	L	E	A	E	T	G	R	A
G	S	D	L	B	B	T	K	K	I	E	R
E	E	F	E	D	S	L	O	H	T	G	B
B	B	N	I	O	B	H	M	G	S	V	N
U	D	S	L	R	R	Ä	P	S	N	O	E
C	K	A	I	V	A	W	L	C	U	W	G
H	I	E	G	R	V	E	E	A	D	N	U
H	F	P	Z	G	O	G	X	W	I	D	A

ROHRE
KOMPLEX
BRAVO
BESIEGT
PFUND
AUGENBRAUEN
TAGEBUCH
DUNSTIG
GEWÄHLT
LIEBEND
ROSTIG
BRIEF
STEHT
BEHANDELN
EILIG

156.

N	F	N	B	L	U	M	E	S	M	K	P
W	A	Q	E	A	S	I	I	M	U	Ö	T
S	Y	P	H	F	D	T	I	S	T	N	G
R	B	O	E	T	U	U	A	D	I	I	E
L	B	R	L	L	E	A	A	R	G	G	R
Ä	O	T	F	L	Z	R	H	C	K	L	E
C	H	I	S	O	N	F	K	U	W	I	G
H	N	O	M	C	I	E	R	S	E	C	F
E	S	N	Ä	O	R	S	L	E	I	H	U
L	J	A	ß	K	P	Y	U	Q	C	D	A
T	N	D	I	K	T	A	T	O	R	H	S
E	Z	N	G	E	I	G	E	N	T	U	M

DIKTATOR
MUTIG
LÄCHELTE
BLUME
STARK
KÖNIGLICH
PORTION
FRECH
HOBBY
DISKRET
PRINZ
EIGENTUM
AUFGEREGT
BEHELFSMÄßIG
HEUHAUFEN

157.

S	T	H	C	A	R	B	E	G	V	N	P
A	B	B	V	F	I	M	M	E	N	S	F
H	E	X	E	A	R	E	I	S	E	O	U
E	S	V	R	R	U	Ü	X	U	L	E	S
T	T	C	B	B	Ü	R	H	G	X	P	A
H	Ü	L	R	E	E	C	E	R	O	Y	L
C	R	O	L	H	W	N	H	R	E	Q	O
E	Z	W	E	G	E	I	T	T	A	N	S
R	U	N	M	X	S	L	R	K	I	A	D
Q	N	S	M	F	I	A	T	K	A	G	Q
T	G	I	I	C	D	I	P	G	E	M	T
N	C	I	H	Z	V	X	T	M	T	N	I

SPORTLICH
GEBRACHT
BEWIRKEN
FOLGEN
CLOWN
BERÜCHTIGT
FARBE
HIMMEL
BESTÜRZUNG
AKTIV
IMMENS
ENTKAM
RÜHREND
RECHTE
REISE

158.

M	E	S	M	E	H	R	E	R	E	A	D
Q	F	C	L	E	H	R	E	R	G	M	O
D	L	G	I	M	E	Z	E	I	Z	O	B
R	Ö	U	T	M	P	K	D	H	Z	R	B
E	W	M	R	L	Q	N	T	E	U	E	R
F	A	A	E	T	I	L	E	N	T	L	M
P	F	I	H	W	Y	W	N	K	O	I	A
N	E	G	E	L	R	E	B	Ü	S	E	B
Q	S	P	H	D	N	R	H	S	X	B	E
E	A	Z	Ü	B	E	R	L	E	B	E	N
G	I	L	L	I	B	T	N	Q	J	R	D
K	J	R	I	T	M	Ä	H	C	S	E	B

LEHRER
BESCHÄMT
MEHRERE
TEUER
WÖLFE
FARMER
LIEBER
ABEND
ÜBERLEGEN
BILLIG
ÜBERLEBEN
ELITE
BRUNNEN
WINDIG
PFERD

159.

I	W	M	P	B	S	N	T	F	P	N	T
D	V	I	S	A	E	A	E	B	M	M	R
C	M	O	T	O	R	K	E	T	E	H	I
N	K	U	E	R	G	L	A	T	I	A	L
E	P	C	E	L	I	K	S	N	A	E	A
S	S	V	Ü	E	L	G	L	W	N	N	S
S	H	C	B	L	N	A	T	E	E	T	O
E	K	T	P	Ü	G	B	T	H	K	N	S
G	U	S	J	S	H	N	I	S	E	P	X
R	K	I	H	A	U	E	U	Z	I	M	S
E	M	E	H	I	L	N	S	M	Z	R	A
V	T	G	I	M	I	L	C	H	I	G	K

SEITEN
LEIHEN
BEKANNT
JÜNGSTE
GEIST
MOTOR
BELIEBT
VERRAT
GLÜCK
KRISTALL
THEMA
UNTEN
MILCHIG
VERGESSEN
UNGLÜCK

160.

T	A	R	R	E	V	L	L	S	C	V	O
A	G	W	G	E	R	Ä	T	W	Q	M	V
X	L	H	I	G	L	E	T	Z	T	E	I
N	Ü	U	C	E	I	R	T	Q	Z	G	L
P	C	K	M	S	S	G	R	H	N	N	A
U	K	A	I	M	I	E	U	U	C	M	L
N	L	E	H	X	D	T	ß	Z	Ü	O	H
K	I	M	R	Ä	A	Ü	S	S	X	U	T
T	C	G	R	F	R	S	I	I	M	S	L
E	H	A	O	G	O	E	T	A	O	H	K
B	I	Z	E	N	R	L	N	I	H	G	S
C	Q	B	O	T	U	I	G	W	G	X	E

WIESE
PUNKTE
EGOISTISCH
ERFOLG
AMÜSIERT
ASTIG
TOCHTER
RÄDER
BEGRÜßUNG
HUMAN
ZUGIG
GLÜCKLICH
LETZTE
VERRAT
GERÄT

161.

E	S	P	Ä	T	E	R	S	S	E	N	A
R	T	P	P	O	T	S	E	G	G	E	R
M	G	R	F	C	W	L	R	E	I	F	A
I	N	J	T	O	U	E	K	S	N	P	B
T	A	N	L	L	P	M	A	C	Ö	O	H
T	L	L	L	U	B	O	T	H	K	R	C
L	T	H	S	R	K	R	R	L	L	T	A
E	N	O	Ä	J	C	G	H	O	P	S	N
R	E	N	N	R	U	E	E	S	S	A	Y
J	D	C	A	Y	R	N	E	S	I	T	I
E	S	H	F	K	D	D	G	E	F	N	V
N	T	G	U	Y	I	R	E	N	U	A	G

TROPFEN
GESCHLOSSEN
GEEHRT
KÖNIGE
MORGEN
GESTOPPT
ERMITTLER
BRÄNDE
SPÄTER
SUPER
DRUCK
ENTLANG
GAUNER
WOLLTE
NACHBAR

162.

N	V	S	S	T	E	I	N	E	A	J	A
M	I	J	N	F	B	Ü	F	F	E	L	M
G	E	N	S	E	E	G	I	L	L	I	B
I	N	I	B	U	M	D	R	K	J	V	A
R	I	N	S	E	L	U	N	E	A	Q	N
B	R	E	Y	T	G	N	L	A	I	W	E
E	A	K	H	O	E	R	E	B	H	V	R
L	T	N	O	L	Z	N	I	K	S	C	A
K	K	E	I	L	K	S	S	F	C	T	S
C	E	D	G	E	W	Z	A	G	F	E	L
I	N	G	E	N	I	E	U	R	N	E	D
T	Ä	T	I	U	Q	I	T	N	A	U	N

BILLIG
MEISTENS
ARENA
DECKEN
BÜFFEL
KLEBRIG
INBEGRIFFEN
SCHANDE
TOLLE
BLUMEN
DENKEN
NEKTARINE
STEINE
ANTIQUITÄT
INGENIEUR

163.

K	C	O	H	C	S	S	I	E	D	E	N
N	L	A	T	I	V	V	O	M	T	K	N
Y	F	B	O	W	L	E	R	A	I	E	E
O	O	L	L	A	H	E	U	N	I	T	R
P	H	L	A	F	V	X	E	R	A	Y	E
T	T	A	N	O	M	L	E	M	T	F	I
I	D	U	L	Q	U	T	Ä	H	L	R	Z
K	O	T	Q	H	S	N	T	U	P	S	U
E	E	N	C	Y	N	J	S	T	P	F	D
R	H	S	H	E	W	S	A	A	B	H	E
I	W	E	R	D	E	G	A	N	G	J	R
S	M	N	E	M	M	A	S	U	Z	C	I

MONAT
REDUZIEREN
HYSTERIE
VITAL
MÄNNER
OPTIKER
FLUSS
SCHULEN
SCHOCK
REVOLTE
WERDEGANG
SIEDEN
ZUSAMMEN
HALLO
BOWLER

164.

T	H	E	T	S	E	R	S	A	T	Z	W
G	U	A	G	E	R	E	T	T	E	T	M
T	E	O	X	I	E	D	N	A	H	C	S
R	U	T	F	R	Ä	I	L	I	M	A	F
A	N	L	R	B	E	W	Q	A	N	K	F
B	E	J	E	E	L	A	J	E	E	P	O
H	L	H	U	C	N	R	J	L	I	B	O
C	L	M	D	E	C	N	X	E	D	D	S
A	E	S	I	K	S	E	T	I	I	L	T
N	B	A	G	Z	Y	N	O	P	S	I	A
E	A	F	I	E	R	N	U	S	C	K	N
B	T	K	I	R	B	A	F	T	H	W	D

ERSATZ
UNREIF
GETRENNT
NEIDISCH
STAND
FREUDIG
SPIELE
SCHANDE
FAMILIÄR
TABELLEN
BENACHBART
FABRIK
WARNEN
GERETTET
STEHT

165.

S	N	K	O	M	P	O	N	E	N	T	E
L	V	E	A	D	H	G	M	A	W	Q	M
R	E	D	D	U	C	A	E	I	Y	Ü	X
E	U	N	T	E	S	N	Q	N	N	Y	K
I	L	E	E	N	I	W	E	Z	R	C	A
Z	I	N	I	F	M	R	E	I	O	E	L
V	H	E	L	X	E	N	F	T	H	I	O
O	O	H	W	S	D	S	S	U	D	C	U
L	V	C	E	S	A	A	S	E	Z	R	S
L	A	O	I	Y	K	L	N	E	X	N	I
A	O	W	S	I	A	K	T	N	L	W	U
T	S	Ä	E	G	T	N	I	A	M	O	D

DOMAIN
DENKT
ATLAS
SCHIEN
KOMPONENTE
WOCHENENDE
STOCK
MÜNZEN
REIZVOLL
GEÄST
TEILWEISE
AKADEMISCH
UNZUFRIEDEN
FESSEL
GENRE

166.

R	U	S	R	Q	R	G	E	I	N	E	G
O	N	E	W	A	E	O	M	U	A	A	M
T	G	C	X	W	B	I	T	A	M	Ö	Q
O	E	U	U	Ä	S	T	E	K	B	N	D
M	S	G	L	L	P	R	H	L	A	Ä	R
A	U	I	U	D	E	G	I	C	C	R	L
B	N	L	W	E	R	E	F	H	R	O	T
Y	D	L	B	R	R	D	E	F	H	U	S
Z	K	E	T	T	I	R	Y	S	O	W	F
A	J	S	B	Y	G	L	Ü	C	K	T	P
T	I	E	Z	S	E	G	A	T	N	O	S
N	M	G	Z	R	I	T	T	K	R	A	M

DÄCHER
UNGESUND
SPERRIG
BEERE
MARKT
GENIE
GESELLIG
FURCHTBAR
TRAKTOR
TAGESZEIT
MOTOR
STOFF
MÖBLIERT
GLÜCK
WÄLDER

167.

Ü	K	D	E	S	J	Y	G	X	Y	D	A
B	T	O	L	I	P	E	M	M	E	W	U
E	I	I	H	I	B	B	E	D	U	C	K
R	E	U	N	R	E	I	F	E	J	C	P
L	H	S	A	C	N	E	T	A	O	R	F
E	N	C	L	U	L	I	E	T	I	R	K
I	H	D	N	H	E	T	S	E	A	O	F
T	O	G	Ü	W	K	G	S	G	S	A	T
U	W	F	L	E	S	T	L	T	H	X	U
N	E	G	R	A	E	I	Ü	C	M	K	I
G	G	I	Q	R	C	M	S	C	Y	R	N
H	D	N	I	H	T	R	U	P	P	E	N

PILOT
DIREKTE
FRAGLICH
KOSTÜM
GEWOHNHEIT
SCHAF
PRIESTER
MEINUNG
UNREIF
GEFÜHLE
ÜBERLEITUNG
STOCK
TRUPPEN
GEBRACHT
WEITE

168.

N	E	R	R	I	H	P	A	S	Z	S	U
E	T	T	T	U	A	N	O	R	T	S	A
F	E	M	S	I	U	H	O	T	W	I	E
A	G	K	T	H	C	U	N	U	L	G	S
L	O	M	V	I	C	O	A	D	A	A	A
H	E	D	E	A	T	Ä	O	W	B	W	L
C	T	R	H	E	H	X	N	P	W	Ä	U
S	Z	O	B	A	H	E	I	L	U	N	G
S	T	S	T	E	I	F	B	B	R	D	S
Z	E	X	S	O	L	D	A	T	F	E	I
P	L	M	A	R	K	I	E	R	T	N	J
L	J	U	N	I	O	R	S	A	P	O	T

LETZTE
REICH
SCHLAFEN
SAPHIR
ASTRONAUT
BETONT
ABWURF
NÄCHSTE
HEILUNG
SOLDAT
TOPAS
MARKIERT
STEIF
JUNIOR
WÄNDE

169.

E	M	A	G	Ä	N	S	E	A	B	R	K
Y	G	A	A	R	Z	Z	T	I	E	E	Ö
H	M	R	N	I	I	L	K	M	D	B	R
E	B	U	O	G	A	W	I	B	E	O	N
E	S	L	G	S	O	T	A	L	C	T	E
V	N	O	I	E	T	P	L	E	K	K	R
Y	H	H	K	W	S	G	S	I	T	O	E
C	L	A	O	I	E	C	H	S	S	B	D
L	Q	C	L	R	R	O	H	T	Y	S	L
A	H	N	N	T	D	P	V	I	I	R	Ä
B	E	T	G	R	E	N	A	F	R	Z	W
A	E	T	L	M	I	P	K	T	D	R	D

GESCHIRR
BEDECKT
MANGO
KÖRNER
APRIKOSE
BLEISTIFT
SORGE
OKTOBER
ATLAS
WÄLDER
MITTWOCH
HALTE
DROHNE
GÄNSE
ERNTE

170.

S	T	Ä	R	E	G	K	Y	U	F	I	H
U	A	S	O	H	L	Q	H	M	H	D	C
N	E	T	I	E	S	R	Q	K	V	I	I
E	T	H	B	E	E	E	Z	U	L	O	L
B	E	R	F	N	E	T	F	A	H	T	T
U	I	F	O	R	M	A	L	Z	O	I	R
G	E	N	F	A	H	C	S	U	F	S	O
U	S	V	E	A	O	S	Z	I	T	C	P
T	E	F	G	F	K	S	S	W	G	H	S
H	I	G	U	A	U	C	L	H	A	T	S
I	W	E	N	T	H	A	L	T	E	N	Y
C	N	H	A	E	I	J	L	G	Z	F	H

SEITEN
LAUFEN
KAFFEE
FISCHE
STAHL
SPORTLICH
KLEBRIG
WIESE
ENTHALTEN
GERÄT
SCHAF
HAFTEN
UHREN
FORMAL
IDIOTISCH

171.

N	N	D	L	B	J	K	S	J	G	P	S
E	E	A	A	N	E	M	M	O	K	E	B
M	Z	U	M	S	U	S	I	L	E	S	Q
R	T	E	R	U	N	P	I	X	G	C	L
O	U	R	O	K	E	R	C	E	A	H	A
F	N	U	F	S	R	I	A	L	T	I	U
R	O	T	K	A	F	C	H	A	O	F	G
P	A	S	P	N	A	H	Q	H	B	F	U
S	M	C	X	A	H	W	S	C	A	E	S
G	Y	H	A	N	R	O	U	S	S	I	T
I	T	I	N	A	E	R	V	I	T	A	L
N	L	G	B	N	N	T	C	I	V	T	U

SCHIFFE
FORMEN
ANANAS
SPRICHWORT
BEKOMMEN
NUTZEN
DAUER
AUGUST
RUTSCHIG
FORMAL
FAKTOR
SABOTAGE
SCHALE
VITAL
UNERFAHREN

172.

T	H	E	T	D	F	F	H	S	O	K	Y
N	N	C	Q	S	A	U	E	T	T	I	B
M	E	T	I	H	I	M	N	Y	P	I	G
E	D	U	R	L	F	N	A	K	A	O	P
G	L	T	E	L	R	N	I	N	E	O	A
R	E	M	A	H	M	H	O	L	C	L	X
U	H	C	Y	U	R	R	E	H	O	O	N
P	H	Q	T	A	D	B	E	S	F	I	Y
P	E	I	T	N	S	N	A	H	P	Q	V
E	G	I	U	Q	J	A	I	R	C	D	R
I	G	N	U	R	E	I	L	O	S	I	N
Z	G	R	X	G	U	N	E	G	I	J	S

GRUPPE
EHRLICH
ISOLIERUNG
POCHEN
VIOLINIST
FAHRT
BITTE
FLACH
EHRBAR
GENUG
ANORDNUNG
SICHER
HELDEN
ANMUTIG
FUNKELN

173.

E	E	S	L	I	G	D	S	M	G	A	W
N	F	U	Y	K	A	N	T	O	T	M	P
E	L	S	D	R	R	D	P	A	T	R	I
B	Ö	X	O	E	O	U	T	K	L	O	A
R	W	M	H	I	K	F	K	T	A	Z	F
O	A	C	D	R	L	E	Z	R	Ü	T	S
T	I	A	E	K	N	N	H	H	O	G	M
S	R	I	N	I	E	T	S	B	A	R	G
R	D	B	Ü	R	O	S	S	Q	R	Ö	W
E	L	A	G	H	C	R	U	D	I	ß	T
V	Y	E	G	L	A	U	B	E	N	E	N
T	B	O	K	F	I	P	L	A	N	E	T

RADIO
WÖLFE
BÜROS
AROMA
BEGRENZT
STÜRZE
GRÖßE
FOTOS
KREIDE
GLAUBEN
DURCH
SICHERN
VERSTORBENE
GRABSTEIN
PLANET

174.

S	K	D	E	S	B	E	I	R	H	C	S
A	G	O	W	S	B	Z	D	M	S	H	H
N	I	H	S	Q	E	I	G	I	W	C	D
G	T	R	U	C	Q	I	N	V	S	N	W
A	F	R	G	L	H	E	W	I	E	A	N
B	E	I	P	U	L	E	T	F	N	L	I
E	H	N	R	Ä	W	A	R	F	R	F	S
W	G	G	U	O	M	E	S	L	E	D	U
E	J	Q	H	U	W	S	Z	U	F	W	O
L	A	N	A	M	Q	D	M	C	E	C	C
V	T	R	U	N	I	C	S	H	I	T	X
E	T	N	A	N	W	A	L	T	L	I	X

ANWALT
HEFTIG
UMWERFEND
LIEFERN
ANGABE
FLUCH
WOHNTE
SCHRIEB
WIESE
RUHIG
KOSCHER
TRAUMATISCH
COUSIN
OHRRING
QUÄLEN

175.

P	U	B	S	P	Ö	T	T	I	S	C	H
F	E	T	A	W	O	C	H	E	N	M	F
E	M	H	C	I	L	G	Ö	M	N	U	A
R	T	U	R	E	S	O	L	U	T	E	L
D	V	E	R	L	E	T	Z	U	N	G	A
T	R	E	W	S	N	E	B	O	L	P	B
H	E	C	E	M	R	O	N	E	H	U	A
O	E	Y	G	P	N	S	I	A	A	N	E
E	F	K	N	S	U	F	N	L	G	A	C
R	F	A	Ä	B	R	T	R	S	U	M	I
T	A	W	L	I	O	U	T	U	N	T	L
F	K	I	G	M	I	T	I	D	N	A	B

LOBENSWERT
PFERD
ANGST
URLAUB
EIFRIG
WOCHEN
UNMÖGLICH
SPÖTTISCH
PHANTOM
RESOLUTE
BANDIT
KAFFEE
VERLETZUNG
ENORM
LÄNGE

176.

W	X	G	I	T	S	R	U	D	X	H	C
E	C	O	K	Y	A	A	M	I	V	C	V
I	G	A	O	I	D	N	E	S	S	I	W
U	M	R	B	N	E	F	F	O	C	L	T
G	I	Z	O	V	E	R	Z	O	G	E	N
A	I	A	L	S	W	N	E	H	O	V	E
P	H	D	D	R	Ä	I	R	B	C	U	Z
O	B	R	U	C	D	S	C	I	U	Q	O
R	D	Q	H	E	S	R	S	K	A	A	D
U	O	S	T	E	R	N	A	N	E	L	Z
E	T	R	D	Z	I	F	T	S	Y	L	F
E	N	E	L	I	T	E	P	I	K	E	N

DOZENT
WICKELN
DURSTIG
WISSEND
FREUDIG
ZAUBEREI
NÄCHSTE
FLAIR
OSTERN
VERZOGEN
SORGE
ELITE
KOBOLD
OFFEN
EUROPA

177.

I	S	T	A	N	D	N	R	R	A	J	R
R	O	S	I	N	E	B	M	E	H	B	E
F	R	X	N	K	A	R	Q	P	I	E	F
D	U	Ö	C	E	W	V	O	O	P	S	F
X	J	Ü	T	L	Z	F	A	R	D	T	O
A	R	K	N	L	I	I	L	T	F	Ü	K
B	E	L	H	E	I	L	E	E	Ä	R	C
O	D	S	B	R	L	C	K	R	L	Z	E
F	S	E	S	L	Ä	L	H	P	L	U	S
E	R	M	O	Ü	A	D	Ü	Q	E	N	K
J	D	T	I	A	K	M	E	R	N	G	J
T	Z	R	A	R	E	I	T	R	B	Q	I

BRÜLLEN
FÄLLE
REPORTER
REIZEN
BRÜCKEN
FIEBER
TIERARZT
ROSINE
RÄDER
KOFFER
BESTÜRZUNG
RÖTLICH
KÜSSE
ERFROREN
STAND

178

Z	S	G	E	S	C	H	I	R	R	A	A
I	J	I	K	A	M	P	A	G	N	E	D
E	F	M	X	L	A	A	B	F	I	B	A
G	E	S	T	J	W	E	T	U	G	R	U
E	E	L	L	W	S	A	A	H	O	F	E
L	F	W	E	S	L	B	R	R	E	R	R
H	F	Ü	E	G	R	Z	F	O	K	T	O
T	A	R	X	U	Ä	E	J	L	T	S	S
J	K	D	F	R	G	N	Ä	O	Z	U	S
N	K	E	D	K	A	R	B	L	I	O	T
V	N	M	B	I	T	T	E	S	E	D	W
N	P	Y	H	C	I	L	G	Ä	T	R	C

ABRUFEN
GESCHIRR
ZIEGEL
TÄGLICH
WÜRDE
GEFROR
BESSER
ERKLÄRT
BITTE
STEHT
NÄGEL
TUTOR
KAMPAGNE
KAFFEE
DAUER

179.

B	G	W	S	E	S	M	G	L	Ü	C	K
L	N	A	O	G	I	D	N	I	D	M	V
U	U	Z	I	T	A	D	E	L	L	E	E
M	N	Q	H	K	U	O	U	Q	G	I	R
E	H	W	N	S	L	I	D	I	G	E	L
N	O	A	M	A	R	N	Z	L	I	O	O
H	L	B	H	E	C	T	G	Z	U	O	C
O	E	I	G	N	A	H	V	N	E	S	K
R	B	N	A	R	Q	O	B	S	R	M	E
D	Ü	N	K	A	L	A	X	A	N	I	N
D	T	T	A	L	G	E	H	Ö	R	T	D
P	N	G	R	U	S	E	L	I	G	F	I

GLÜCK
BLUME
BELOHNUNG
GRUSELIG
NACHBAR
REUIG
DÜNGER
GLATT
ZITADELLE
DROHNE
REIZVOLL
INDIGO
KRATZIG
GEHÖRT
VERLOCKEND

180.

Q	D	V	B	F	T	M	U	S	U	A	L
R	I	P	E	W	G	L	N	P	M	K	S
P	G	L	R	E	I	I	D	N	O	L	B
O	I	U	N	R	E	D	N	U	W	E	B
L	T	E	S	C	F	H	M	R	A	J	M
I	A	T	T	L	E	A	I	R	Ö	V	U
T	L	H	E	M	L	E	K	M	O	K	S
I	T	C	I	O	E	V	T	T	M	N	K
K	S	Ü	N	C	I	S	S	ß	E	E	E
E	L	R	A	L	P	I	V	F	Ö	N	L
R	I	F	M	A	S	K	R	I	W	R	N
S	Q	D	S	E	R	V	I	E	R	T	G

MUSKELN
SERVIERT
BEWUNDERN
BLOND
BERNSTEIN
FRÜCHTE
KÖRNIG
ENORM
SPIELE
POLITIKER
HIMMEL
FAKTEN
DIGITAL
WIRKSAM
GRÖSSTE

181.

D	V	D	S	T	I	M	M	E	A	S	U
R	N	R	E	T	T	I	Z	X	M	Y	K
E	E	H	C	I	L	T	R	Ä	Z	U	N
H	R	Ö	T	L	I	C	H	U	R	I	N
B	I	E	Z	T	L	C	F	I	E	E	X
A	W	L	E	E	B	L	E	L	G	E	E
R	Q	U	I	H	U	R	T	A	S	T	X
B	M	Ä	C	C	O	N	W	E	T	Q	F
T	S	S	H	T	E	T	I	E	S	R	I
A	Q	T	E	J	S	W	K	B	A	N	I
S	T	N	N	A	K	E	B	N	U	U	R
G	G	N	L	N	Z	S	K	P	S	E	I

SÄULE
RÖTLICH
ZITTERN
DREHBAR
WIESE
ZEICHEN
STIMME
ZÄRTLICH
ZUFLUCHT
UNBEKANNT
KETTE
LASTWAGEN
KURIER
ENTLEIN
FRANK

182.

A	Z	Z	S	S	R	K	Y	N	K	A	J
D	L	D	R	E	O	F	F	E	N	M	T
Y	U	E	I	N	K	C	O	T	S	U	G
V	T	B	T	E	G	E	U	A	L	J	D
J	E	E	E	T	G	I	E	Z	H	A	G
N	X	H	L	I	I	I	D	A	O	R	G
T	H	C	Z	E	F	M	L	I	E	N	E
E	O	S	K	L	F	T	S	I	E	A	B
N	K	U	W	G	U	S	F	S	I	S	E
Ä	W	D	F	N	M	B	S	A	E	C	L
L	W	I	G	Q	A	N	E	B	L	I	L
P	F	O	I	R	X	I	A	L	T	E	N

MUFFIG
ALTEN
OFFEN
MITTEL
GLEITEN
PLÄNE
DUSCHE
ZEIGTE
SEIDIG
KONTEXT
GREIFBAR
HALTUNG
GEBELL
STOCK
REIBEN

183.

S	A	U	F	F	A	L	L	E	N	D	T
D	L	G	S	R	A	N	A	Y	R	M	N
K	R	A	I	L	E	E	W	N	I	N	E
R	I	E	N	T	I	X	N	U	P	X	G
R	L	N	U	O	S	A	F	N	R	H	L
J	R	E	A	I	I	I	M	L	I	W	O
U	H	S	H	P	G	T	E	E	N	P	F
O	R	E	H	C	Ü	B	A	G	Z	I	S
G	I	D	Ä	N	G	P	Q	R	S	Q	E
A	T	X	H	C	S	I	T	T	Ö	P	S
Q	L	I	R	E	K	E	H	T	O	P	A
G	N	M	O	N	O	K	Ö	B	I	O	G

SPINNE
GNÄDIG
SPÖTTISCH
GEISTIG
PANIK
PRINZ
RATIONAL
APOTHEKER
HEUTE
BÜCHER
REUIG
EMAIL
ÖKONOM
FOLGEN
AUFFALLEND

184.

E	N	T	F	E	R	N	T	S	Q	A	E
H	R	H	T	A	V	T	T	Z	V	E	T
M	G	E	I	I	B	G	R	T	B	I	S
D	E	L	E	V	S	I	A	U	E	N	H
N	G	L	K	B	O	T	L	V	S	S	C
E	A	O	G	L	C	H	L	E	E	T	Ö
G	R	K	I	H	K	C	O	R	N	E	H
N	F	O	S	O	E	Ü	D	Z	S	L	C
I	Z	T	S	S	N	R	W	E	T	L	U
R	O	O	Ü	I	A	E	M	R	I	E	O
D	I	R	L	Z	C	B	L	R	E	N	C
I	T	P	F	E	T	S	E	T	L	Ä	I

VERZERRT
FLÜSSIGKEIT
COUCH
SOCKEN
BESENSTIEL
ÄLTESTE
DRINGEND
BEERE
FRAGE
BERÜCHTIGT
PROTOKOLL
ENTFERNT
HÖCHSTE
EINSTELLEN
DOLLAR

185.

L	L	S	F	L	A	N	I	D	R	A	K
B	E	A	K	A	N	E	K	I	Y	M	N
Y	E	T	M	V	D	R	L	E	B	E	I
H	M	L	Z	H	I	N	T	U	S	Q	E
L	E	C	E	T	C	K	A	S	Ä	T	G
H	A	U	I	G	E	O	A	T	T	S	L
K	H	S	T	J	T	P	N	E	S	A	O
E	C	B	B	E	N	X	K	I	I	S	K
H	B	O	M	A	K	I	T	S	A	L	P
V	S	T	A	T	I	S	T	I	K	E	R
Q	I	H	Ö	C	H	S	T	E	N	C	M
N	Q	A	R	O	M	A	T	I	S	C	H

AROMATISCH
STATISTIKER
HÖCHSTE
ANPASSEN
KARDINAL
PLASTIK
SÄULE
OBJEKTE
STAND
NOCHMAL
BELEGT
LETZTE
HEUTE
KETTE
KRITISCH

186.

S	R	F	G	J	G	Y	D	N	A	T	S
E	K	R	R	E	P	R	I	V	A	T	U
M	W	U	E	C	H	I	Ö	M	F	N	U
Z	U	W	C	T	A	O	M	ß	V	W	L
O	M	B	H	L	L	E	R	O	E	T	E
O	O	A	T	Z	L	A	L	S	N	R	I
L	H	F	E	I	N	L	H	Ö	A	B	P
O	I	R	D	D	E	C	T	H	X	M	S
G	S	Ü	B	N	R	E	S	K	C	C	I
E	A	H	D	V	G	Ü	A	O	Z	U	E
I	A	E	V	I	H	F	W	X	V	F	B
N	T	R	S	E	T	B	E	I	L	E	G

GETÖNT
BEISPIEL
RECHTE
STAND
ABWURF
BUCHHALTER
ZOOLOGE
UNVOLLENDET
PRIVAT
GEHORSAM
FRÜHER
GRÖßE
GELIEBTE
DILEMMA
WÜRDE

187.

A	V	S	S	E	P	H	S	G	R	I	L
W	T	S	O	A	T	T	M	Ä	N	N	A
H	I	R	T	L	D	U	D	K	E	I	R
B	C	Z	O	U	G	N	N	S	N	L	O
L	G	I	F	W	E	R	H	I	E	A	M
W	N	O	L	G	T	C	O	F	M	B	L
L	E	E	E	H	A	N	A	S	O	R	M
O	H	L	X	W	Ö	T	A	S	N	U	O
Q	C	P	E	V	S	R	U	V	Ä	M	N
A	O	G	X	B	A	U	F	V	H	M	T
I	P	U	L	E	R	N	E	N	P	E	A
K	N	E	T	A	R	I	P	Y	I	N	G

POCHEN
GEWACHSEN
PIRATEN
FRÖHLICH
LEGENDÄR
ANTWORT
SORGLOS
LERNEN
MONTAG
PHÄNOMEN
TAFEL
BRUMMEN
MORAL
FOTOS
MINUTE

188.

Y	M	O	S	C	H	A	T	Z	B	B	M
V	A	D	Z	M	P	M	D	J	E	B	B
P	R	O	D	U	K	T	I	V	L	I	E
E	V	T	U	W	B	N	O	Z	I	E	S
L	X	R	E	T	E	R	T	R	E	V	C
A	A	L	M	L	B	D	U	B	B	L	H
H	H	K	E	E	T	I	E	C	T	O	Ä
C	K	W	R	R	T	L	S	R	H	W	M
S	U	I	A	E	E	H	S	S	K	R	E
J	E	U	W	I	I	Z	O	A	I	T	N
R	B	I	B	M	D	S	E	D	N	G	D
E	P	T	K	A	I	S	E	R	E	S	O

SCHALE
SCHATZ
KAISER
METHODE
BRUCH
JUWELEN
TRAUBE
WEDER
KREIS
BELEIBT
PRODUKTIV
VERTRETER
BELIEBT
BESCHÄMEND
BISSIG

189.

T	I	H	A	L	L	E	R	S	C	A	N
I	T	M	J	W	F	M	T	E	W	K	J
E	R	H	H	N	Z	I	H	T	R	M	Q
R	O	E	C	Z	U	C	B	E	U	K	Z
E	P	N	L	I	I	Q	I	T	A	G	R
B	F	E	W	L	D	S	L	T	U	I	A
L	E	G	D	H	F	O	K	Z	K	O	W
T	N	N	P	Ö	S	E	S	C	T	E	H
W	U	A	R	S	F	U	U	Q	C	J	C
R	R	M	L	R	A	R	A	B	R	O	S
G	I	I	E	T	D	R	E	T	S	Ä	G
G	N	P	I	R	E	H	C	U	S	E	B

AUSZUG
GRAPH
RUNDLICH
DRUCK
SCHWARZ
TROPFEN
PERFEKT
DICHT
HALLE
ANGENEHM
KREISFÖRMIG
MUTLOS
BEREIT
GÄSTE
BESUCHER

190.

B	F	N	A	E	Z	O	Q	S	N	D	G
B	D	L	R	Z	A	S	V	M	E	O	H
Q	N	E	I	U	R	Y	E	I	F	L	G
U	E	B	V	N	E	E	R	V	U	L	E
L	R	A	H	E	K	S	S	M	A	P	H
A	E	G	C	C	R	L	I	U	L	A	Ö
M	I	N	R	H	S	E	C	R	F	O	R
I	T	A	U	J	U	N	H	T	F	S	T
X	I	D	D	T	Y	L	E	R	S	S	E
A	R	B	E	A	L	N	R	M	E	O	I
M	R	R	Z	C	K	Q	T	M	N	N	Q
P	I	I	B	E	I	G	E	I	U	F	Q

FRISEUR
MAXIMAL
VERSICHERTE
LAUFEN
VEREHREN
DURCH
IRRITIEREND
MENSCH
HAFTEN
OZEAN
GEHÖRTE
ANGABE
BEIGE
FLINK
EUTER

191.

L	I	T	B	U	S	S	E	T	T	I	B
I	G	A	G	L	O	C	K	E	N	H	X
M	E	E	X	E	N	E	Z	I	E	R	L
N	D	C	S	X	R	U	N	A	M	O	R
A	E	T	E	L	L	Ä	A	J	I	S	C
A	I	D	G	S	L	O	T	O	N	S	L
J	H	U	L	T	R	A	G	E	N	E	O
L	E	H	O	E	C	X	N	S	T	F	C
F	N	A	F	Z	H	N	S	S	Y	O	K
A	T	N	E	L	U	B	R	U	T	R	I
U	X	O	A	R	I	E	P	Z	M	P	G
B	N	O	B	C	G	K	J	M	A	I	J

REIZEN
BRUNNEN
BITTE
GERSTE
PROFESSOR
SUBTIL
GEDEIHEN
ROMAN
GERÄT
TRAGEN
TURBULENT
GLOCKEN
LOCKIG
FOLGE
HELDEN

192.

F	R	H	Q	L	S	L	S	P	V	W	R
N	O	V	S	X	A	G	T	R	Q	L	E
E	M	J	B	P	I	A	E	O	A	U	T
R	U	X	U	N	E	P	H	M	T	T	S
H	H	L	R	B	I	Z	T	I	R	R	I
A	J	O	L	D	E	E	I	N	E	E	W
F	D	O	E	H	Z	L	I	E	I	I	H
R	J	M	C	R	O	N	N	N	S	S	C
E	I	Z	Ü	K	J	S	U	T	Ü	S	S
E	J	T	A	A	E	E	Y	I	M	A	E
Y	S	B	I	U	Z	Y	N	A	A	P	G
A	N	S	I	C	H	T	E	N	N	I	C

AMÜSIERT
GESCHWISTER
NINJA
JUBELN
PASSIERT
STÜRZE
ANSICHTEN
ERFAHREN
SPEZIES
DORNIG
HUMOR
EPIDEMIE
STEHT
PROMINENT
JOCKEY

193.

S	Ä	N	G	E	R	S	M	L	W	Q	Z
R	D	A	A	I	A	Y	E	A	A	G	M
E	F	B	V	H	D	H	G	I	S	L	N
U	R	E	X	X	R	E	U	V	L	Q	E
A	Ü	N	L	E	M	H	A	T	L	U	U
D	C	D	N	U	N	Ö	A	L	O	Ä	E
S	H	E	T	H	O	C	A	F	V	L	R
U	T	S	N	O	L	H	M	S	T	E	F
A	E	S	Y	N	L	S	I	J	R	N	R
D	P	E	U	A	A	T	L	G	E	D	E
V	I	N	B	B	B	E	K	O	W	N	Y
H	C	S	I	G	A	R	T	X	T	X	I

BALLON
LEHREN
IDEAL
WAGEMUT
NAHRHAFT
KLIMA
HÖCHSTE
ERFREUEN
WERTVOLL
TRAGISCH
AUSDAUER
QUÄLEND
SÄNGER
FRÜCHTE
ABENDESSEN

194.

G	S	N	E	T	K	R	Ä	T	S	E	G
I	B	T	A	N	Z	M	R	Y	W	A	U
N	S	E	M	I	Ä	M	E	T	S	Ü	K
N	O	T	S	W	H	U	W	D	M	J	L
I	L	Z	W	I	N	A	H	S	U	U	B
S	T	S	G	N	E	H	C	L	Z	M	A
T	H	C	E	I	H	G	S	O	O	B	R
H	C	H	L	O	R	C	E	L	S	O	B
C	R	A	I	N	E	P	U	N	D	S	I
I	U	U	E	L	D	E	A	O	T	I	E
E	F	E	S	W	Ä	N	A	X	C	C	R
L	P	R	Z	Ä	R	T	L	I	C	H	P

RÄDER
JUMBO
BARBIER
ZÄRTLICH
ZÄHNE
GESTÄRKTEN
SEILE
KÜSTE
HENGST
SCHAUER
BESIEGEN
SCHWER
COUCH
LEICHTSINNIG
FURCHTLOS

195.

S	A	L	A	T	E	B	E	S	U	C	H
T	A	Q	G	Y	G	P	L	A	G	E	R
M	M	G	M	S	I	I	J	K	K	L	E
Ä	E	G	J	U	L	E	K	N	O	I	N
H	N	K	L	D	L	N	A	L	Y	E	T
C	A	L	G	L	I	Z	N	E	E	T	D
S	M	E	I	H	W	H	E	K	T	N	E
E	O	C	P	A	I	A	M	S	T	E	C
B	R	K	F	S	E	S	H	U	O	G	K
A	M	E	E	T	R	J	A	M	R	E	E
Y	V	R	L	I	F	S	R	F	A	G	N
N	B	D	N	G	G	I	P	X	K	C	T

LECKER
MUSKELN
ONKEL
KAROTTE
SALAT
HASTIG
GIPFELN
RAHMEN
BESCHÄMT
GEGENTEIL
ENTDECKEN
FREIWILLIGE
ROMAN
BESUCH
REGAL

196.

X	D	N	E	E	O	G	P	S	N	D	N
X	E	E	I	S	A	M	V	V	E	G	I
G	P	B	G	M	I	G	Y	T	N	I	Z
L	L	I	W	O	S	E	R	U	H	G	N
E	O	L	L	L	L	Ö	W	A	Ä	U	E
T	Y	I	C	K	H	O	L	L	G	T	B
S	I	C	H	E	R	N	I	U	I	H	O
C	M	C	G	R	Z	Y	E	B	V	E	V
H	O	S	L	E	G	Ö	V	S	J	R	T
E	N	U	Y	I	A	P	N	N	E	Z	I
R	A	E	S	P	I	N	N	E	D	I	N
C	T	P	G	I	N	E	W	D	R	G	W

SPINNE
MOLKEREI
GUTHERZIG
SICHERN
WIESE
GEHÖRTE
WENIG
BENZIN
DEPLOY
GLETSCHER
MONAT
TEILWEISE
GÄHNEN
BIOLOGE
VÖGEL

197.

S	H	T	I	E	H	R	H	E	M	X	A
D	Q	J	A	C	D	X	J	M	O	V	S
E	M	U	R	K	O	E	X	I	L	E	T
B	R	A	P	G	L	U	T	N	L	R	I
L	V	R	P	N	M	J	G	T	A	W	G
D	B	E	A	E	E	T	I	E	H	E	L
N	T	G	H	T	T	R	T	R	E	N	T
E	R	W	O	ß	S	A	S	N	G	D	A
H	A	I	S	Ö	C	G	E	D	I	E	W
Ü	U	T	K	R	H	B	F	A	I	T	X
L	B	Z	F	G	E	A	E	Z	N	E	N
B	E	E	U	C	R	R	B	Q	W	Y	I

VERWENDET
KRUME
HALLO
TRAUBE
WITZE
BLÜHEND
STARRE
MEHRHEIT
BEFESTIGT
GRÖSSTEN
WEIDE
ASTIG
DOLMETSCHER
TRAGBAR
INTERN

198.

S	S	M	I	L	A	M	I	L	K	N	U
A	A	S	E	D	I	E	R	K	C	C	M
U	N	C	L	E	I	H	E	N	R	I	N
S	D	U	N	K	U	G	H	C	F	P	M
S	A	E	L	C	I	H	Ü	L	G	O	H
E	L	A	L	K	U	Q	R	E	N	Ö	O
H	E	E	L	R	N	G	F	D	C	P	E
E	R	O	O	Ä	I	L	L	H	T	S	S
N	W	H	H	D	Ü	I	S	I	X	S	U
F	A	R	R	G	C	T	M	J	N	I	A
L	E	Ü	E	H	E	A	F	N	M	M	P
N	W	L	T	G	L	H	C	U	L	F	I

PAUSE
FRÜHER
WÜRDIG
HÖCHSTE
FLUCH
NÄHREN
LEIHEN
SANDALE
GEFLÜGEL
WOLKIG
KLIMA
AUSSEHEN
OPTIMAL
MONDLICHT
KREIDE

199.

B	B	E	H	S	O	H	G	L	S	L	D
W	E	G	C	N	A	G	R	E	R	U	R
M	K	I	I	E	O	H	I	O	W	I	A
V	A	U	L	D	V	C	E	D	E	L	M
E	N	E	H	N	J	S	C	A	N	C	A
R	N	R	C	U	L	I	H	D	T	I	T
M	T	H	I	R	H	D	I	E	Z	U	I
E	N	A	E	O	U	N	S	C	Ü	Z	S
I	E	W	R	Z	M	I	C	P	N	S	C
D	M	A	O	J	O	K	H	A	D	M	H
E	A	I	Z	L	R	T	H	C	E	N	U
N	D	N	W	I	C	E	T	U	N	I	M

VERMEIDEN
BEKANNT
REICHLICH
RUNDEN
HUMOR
KINDISCH
GRIECHISCH
DAMEN
DRAMATISCH
INDIGO
REUIG
UNECHT
ENTZÜNDEN
CLOWN
MINUTE

200.

S	P	N	I	N	N	R	T	I	E	I	A
N	B	X	N	I	T	E	N	N	I	S	Z
G	T	M	M	R	L	I	G	K	N	E	E
U	I	M	A	L	G	E	Y	E	E	V	X
V	T	U	I	I	L	A	G	A	I	W	P
R	E	N	N	O	D	L	N	U	E	Z	O
R	G	Ö	D	H	D	H	G	X	R	I	R
O	K	S	U	R	A	R	F	S	F	K	T
Z	X	F	S	N	L	A	C	H	E	N	E
M	A	N	G	W	Ö	L	F	E	B	X	U
I	V	Z	U	K	U	N	F	T	L	G	R
J	T	R	E	I	T	S	I	X	E	I	I

ZUKUNFT
EXPORTEUR
KÖNIGIN
ENGEL
EXISTIERT
TENNIS
DONNER
ANHANG
TRAUER
NIMMT
TELLING
BEFREIEN
WÖLFE
GURKE
LACHEN

Lösungen

1.

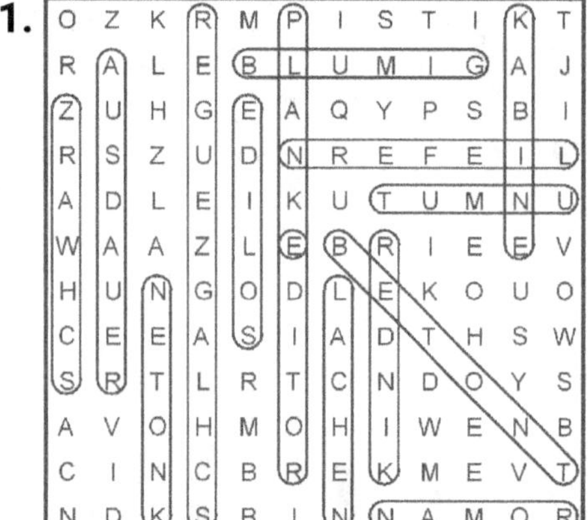

2.

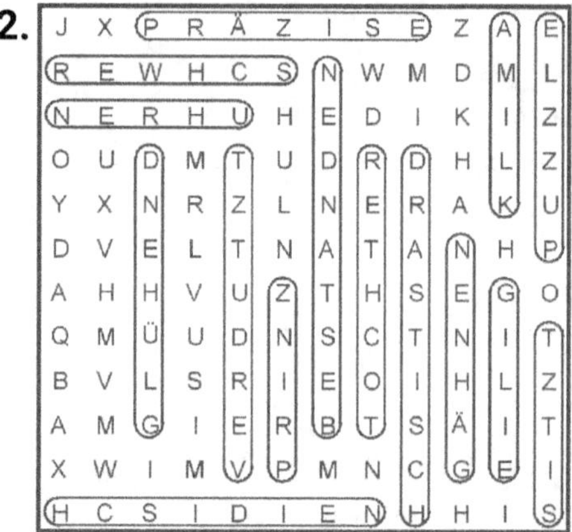

3.

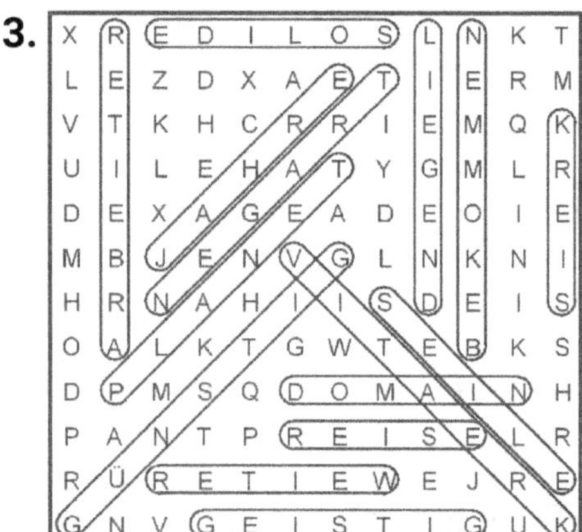

4.

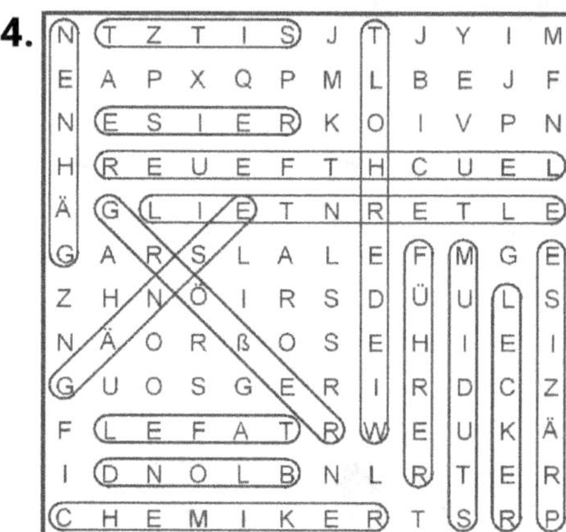

5.

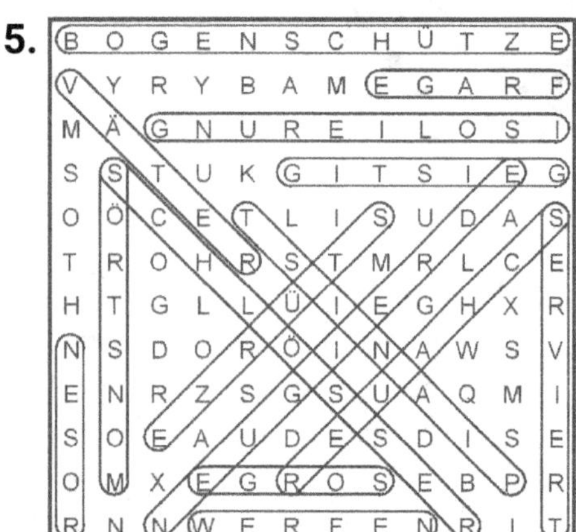

6.

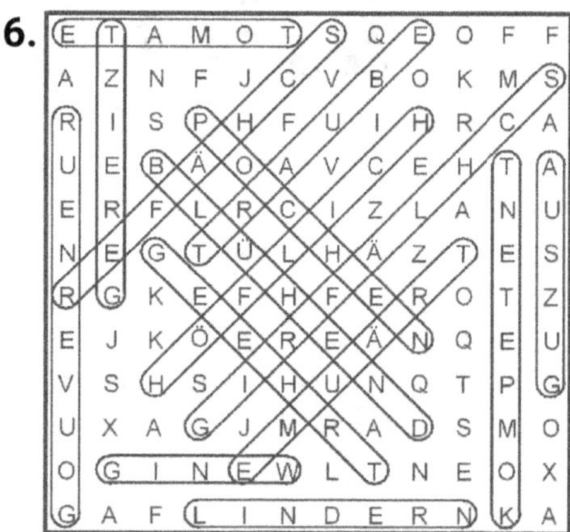

7.

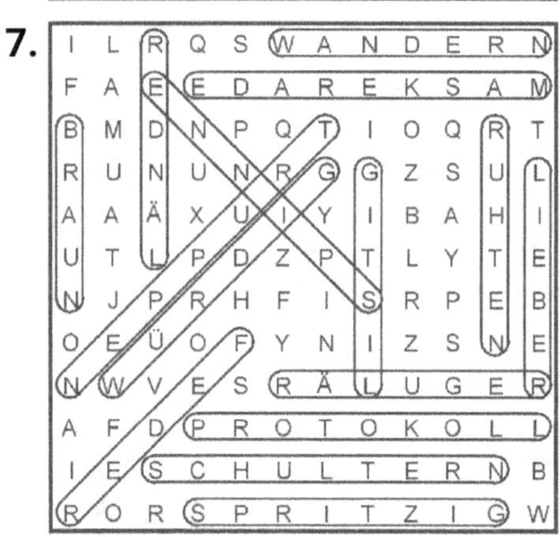

8.

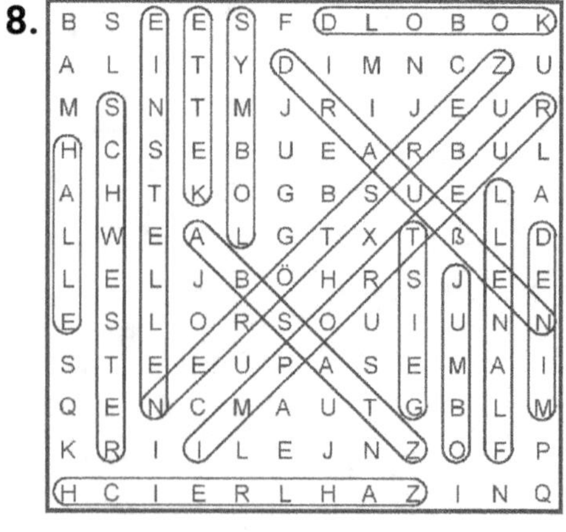

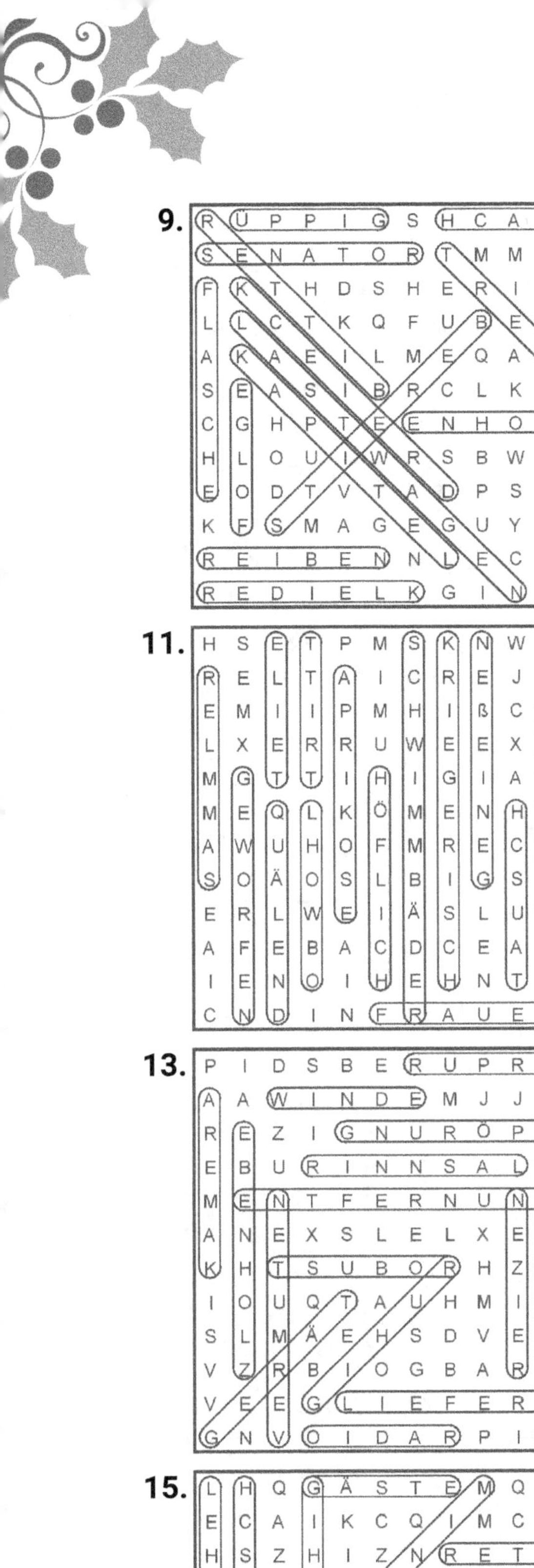

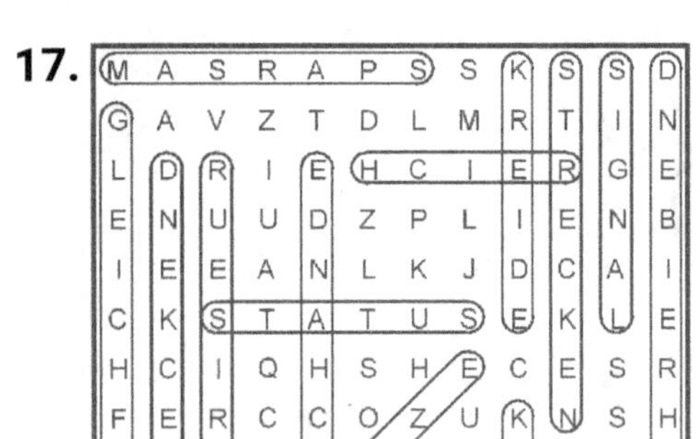
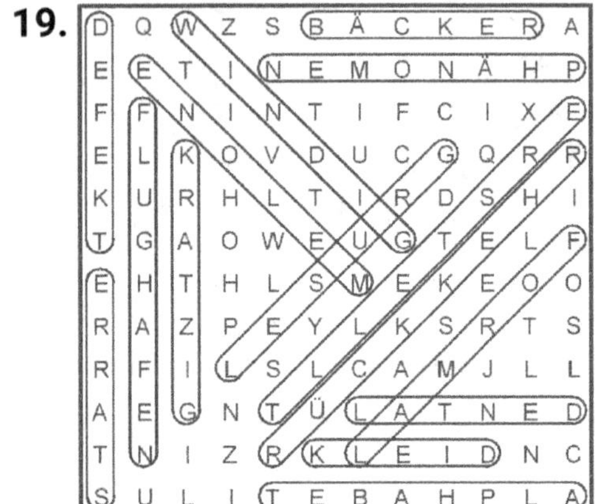
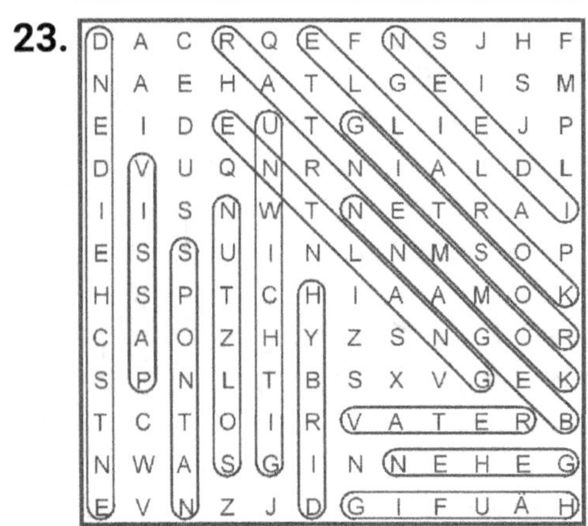
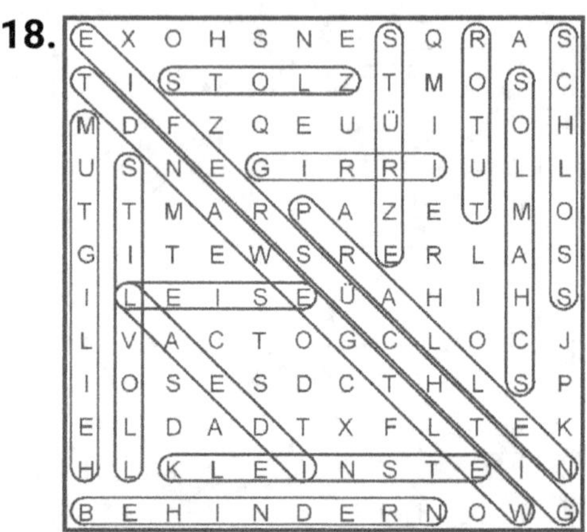
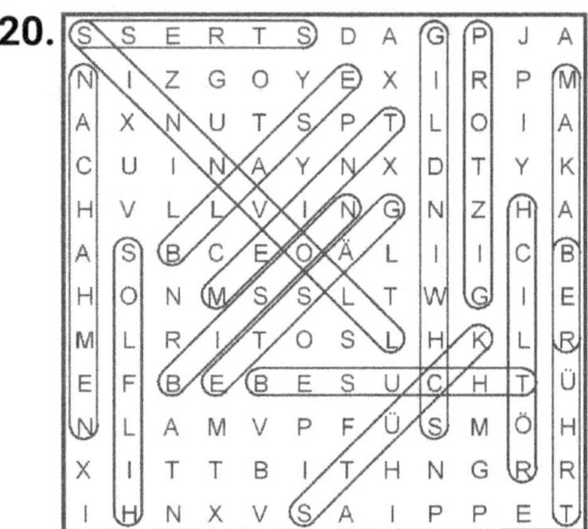
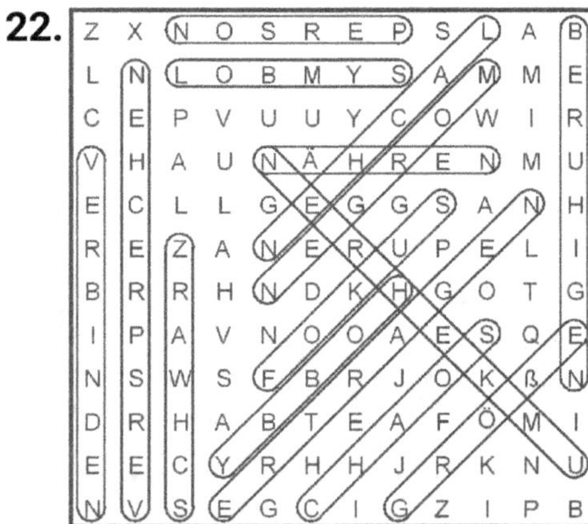
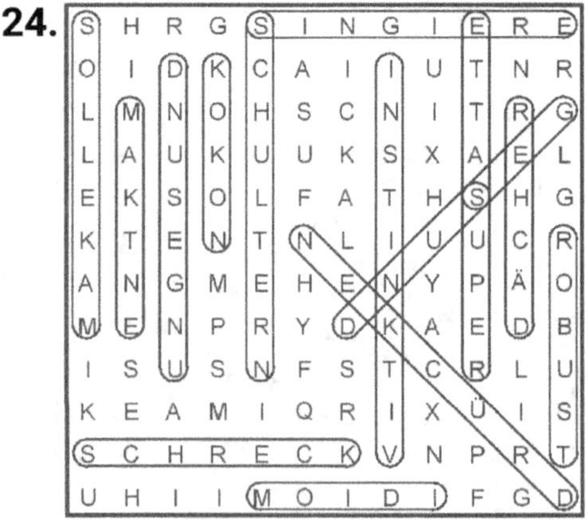

25. 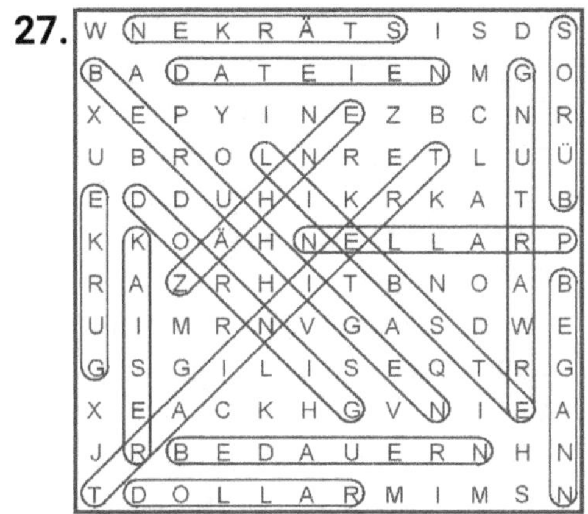

26. 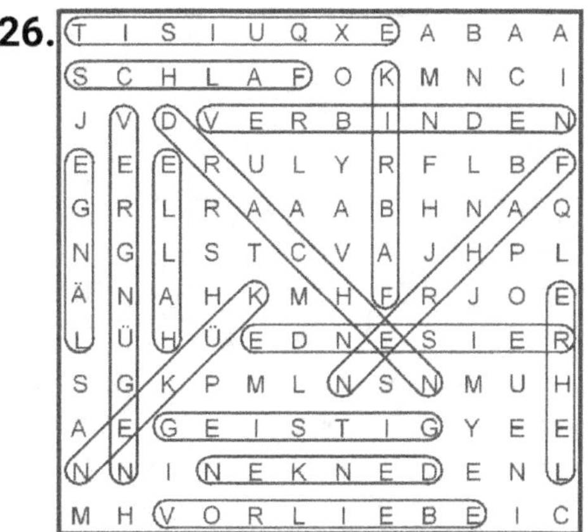

27. 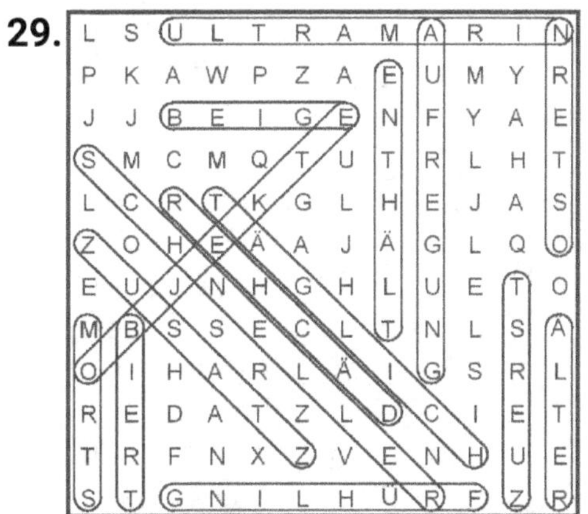

28. 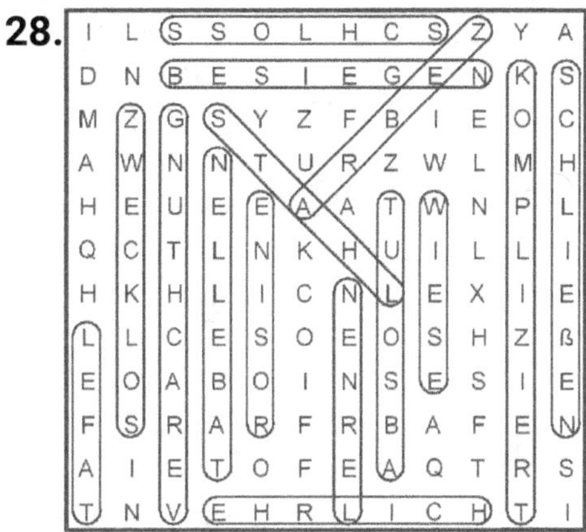

29. 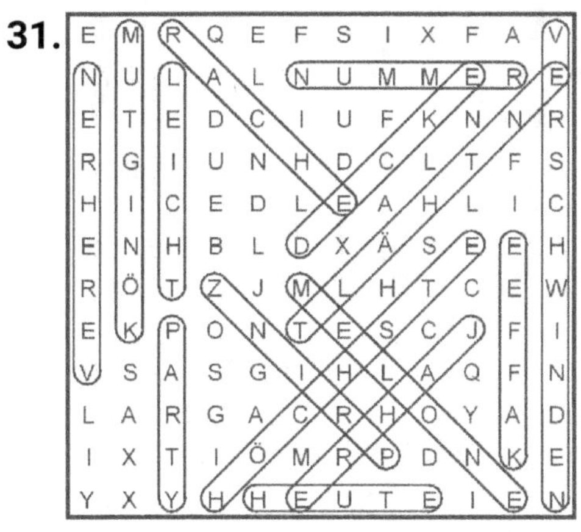

30. 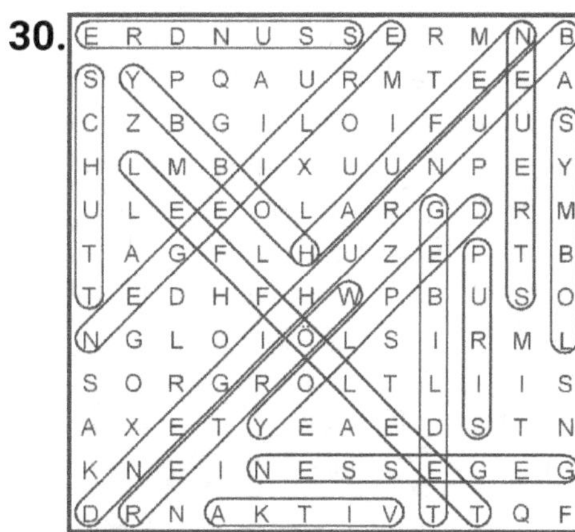

31.

32. 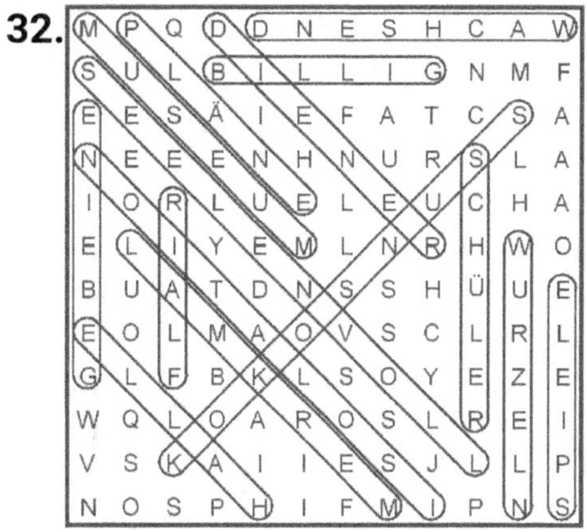

33. 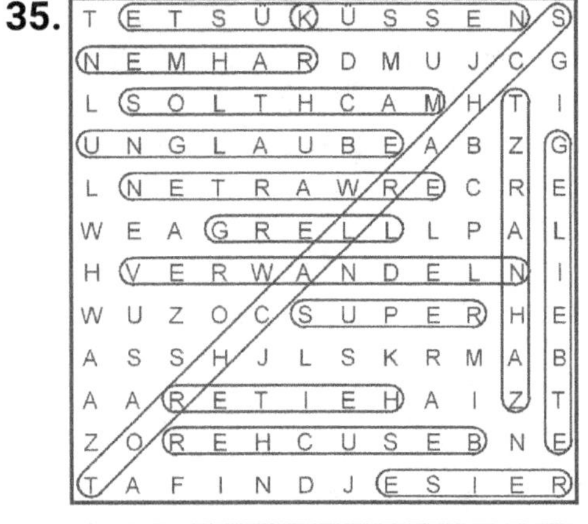

34. 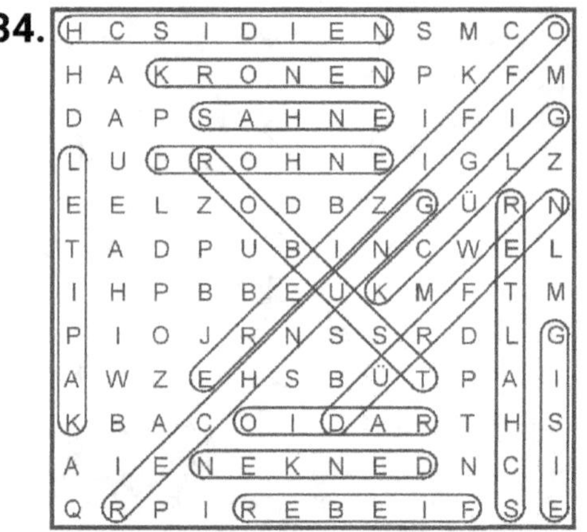

35. 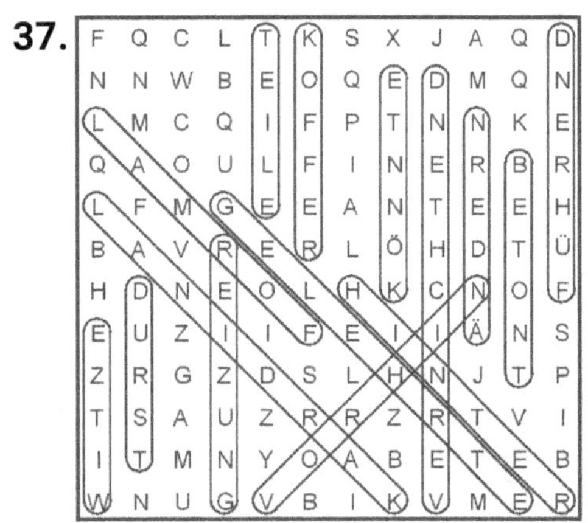

36. 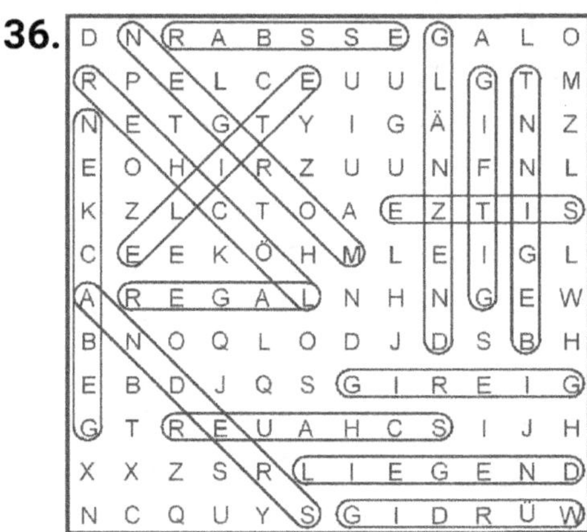

37. 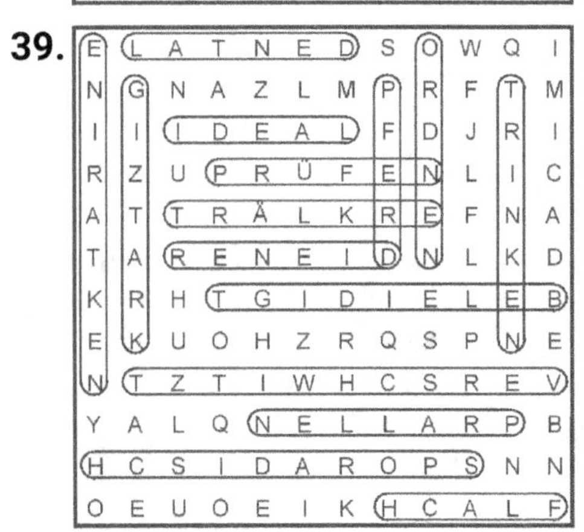

38. 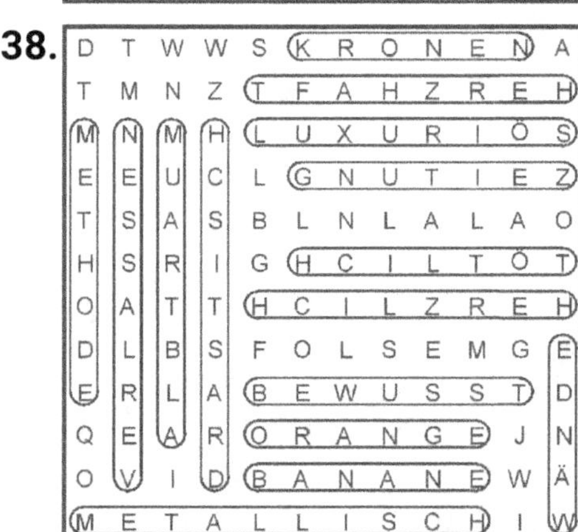

39.

40. 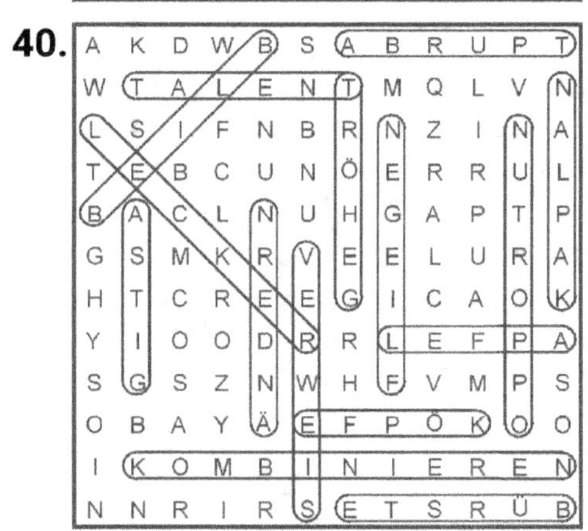

41.
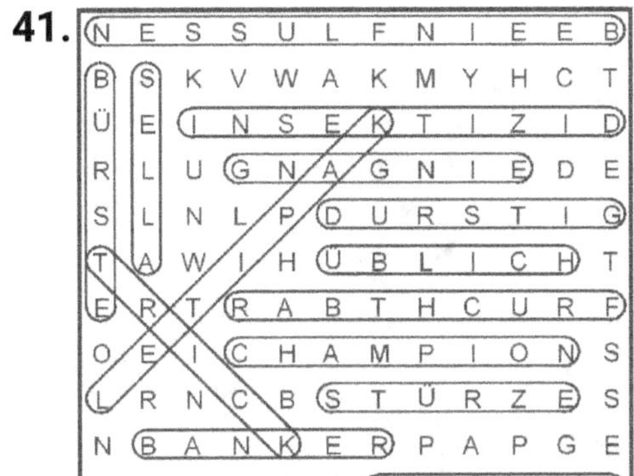

42.
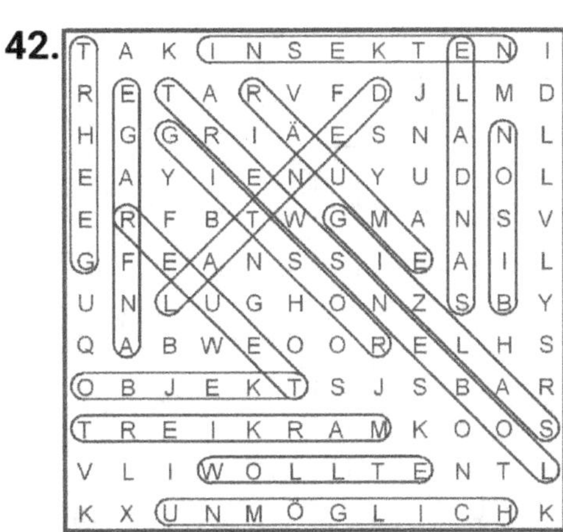

43.
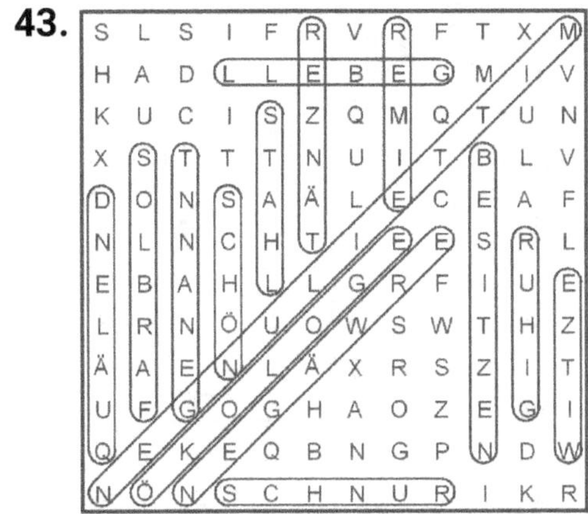

44.
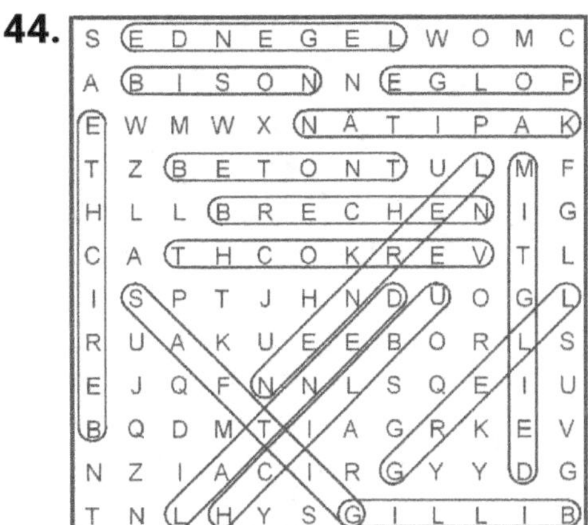

45.
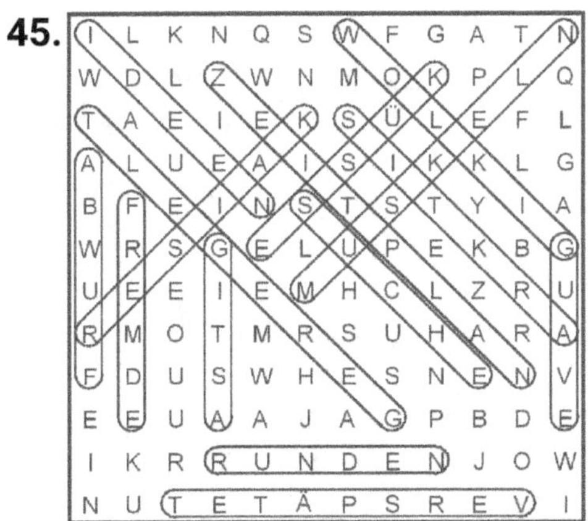

46.
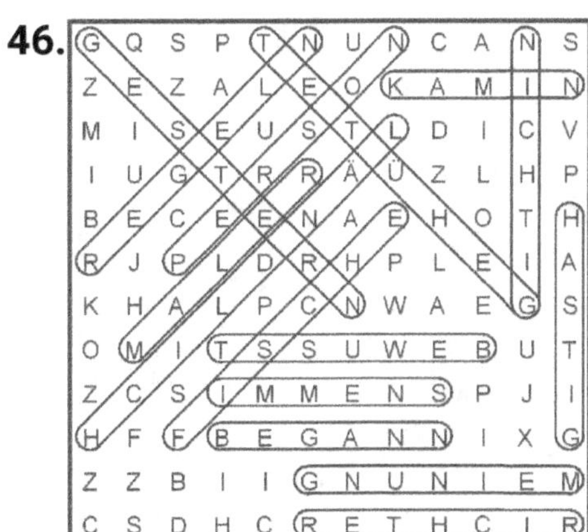

47.
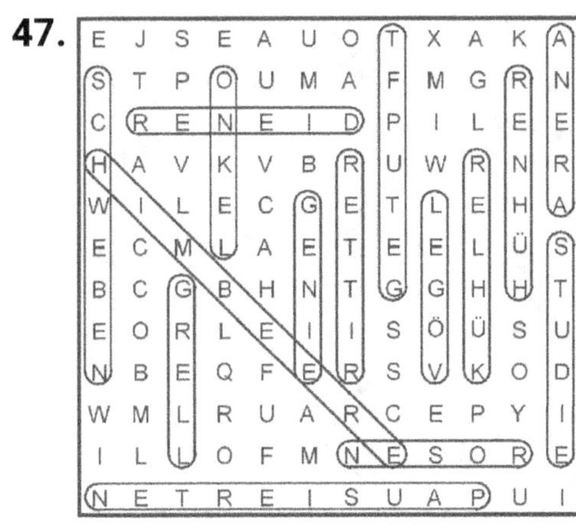

48.
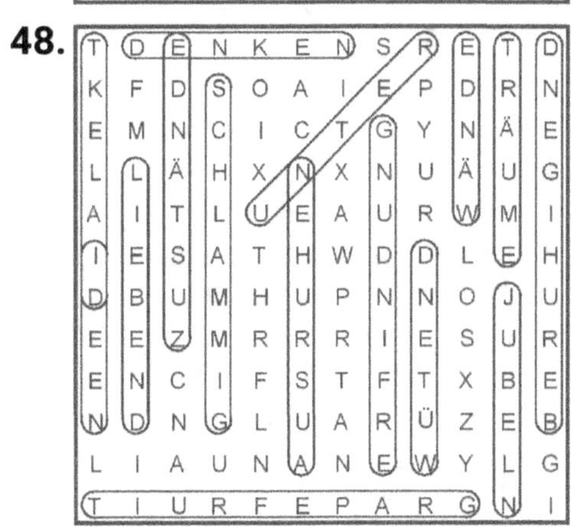

49.

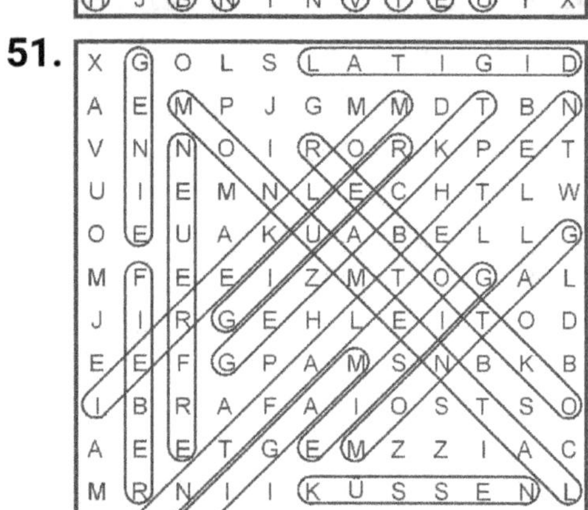

51.

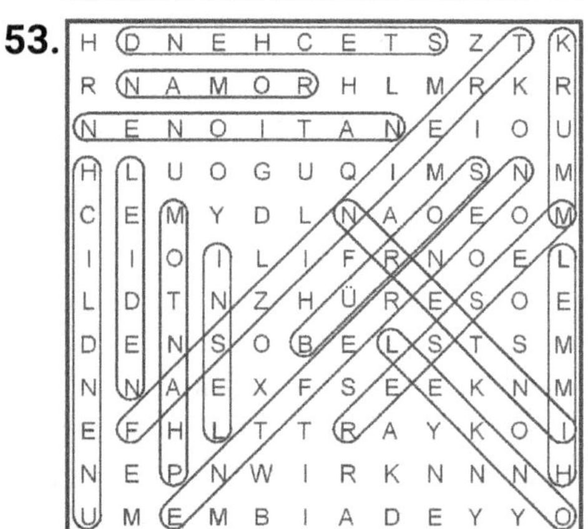

53.

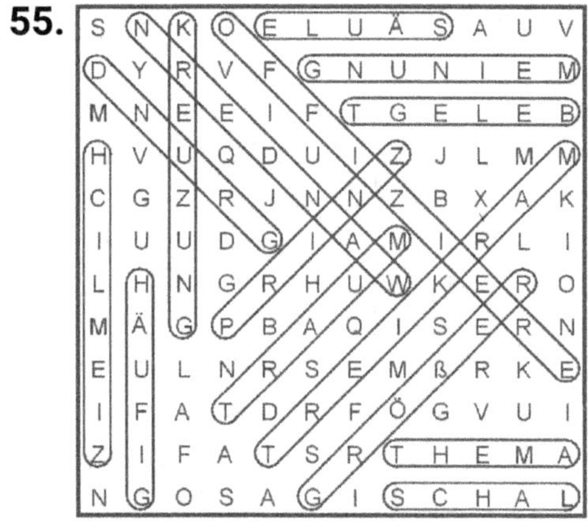

55.

50.

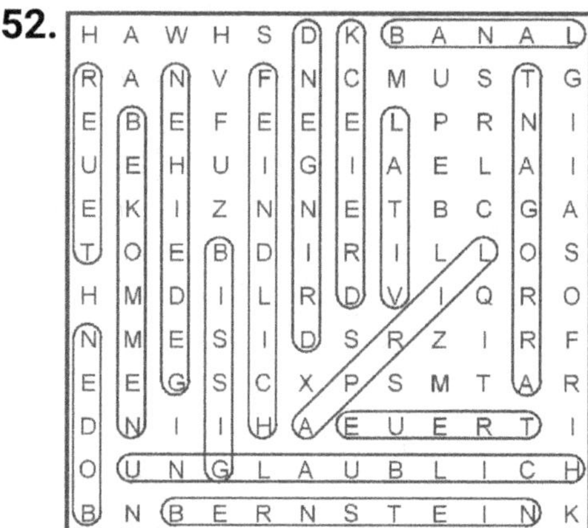

52.

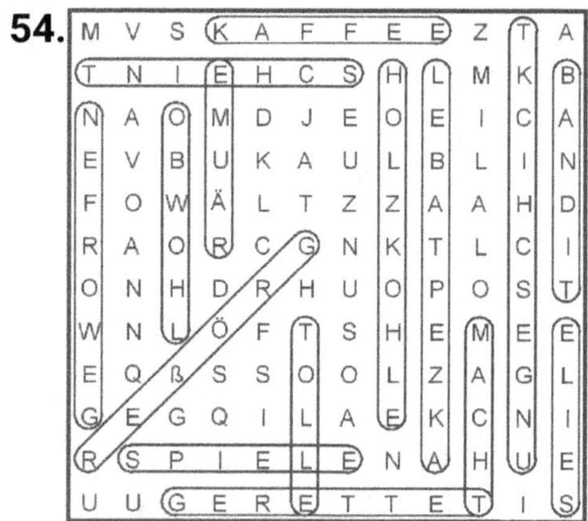

54.

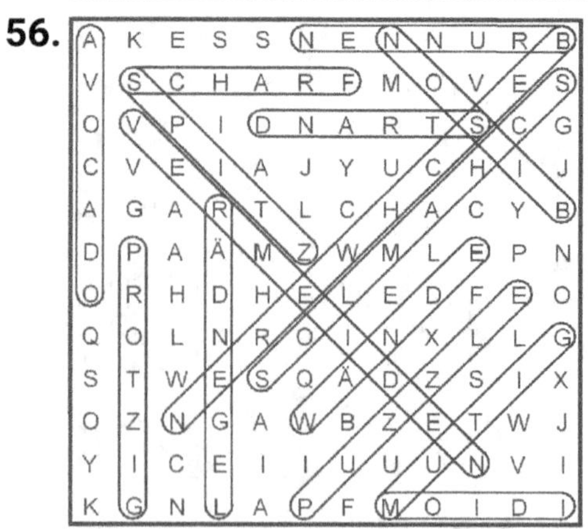

56.

57. 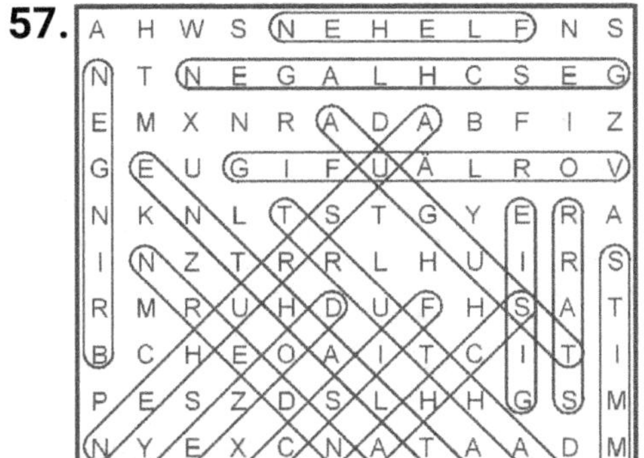

59. 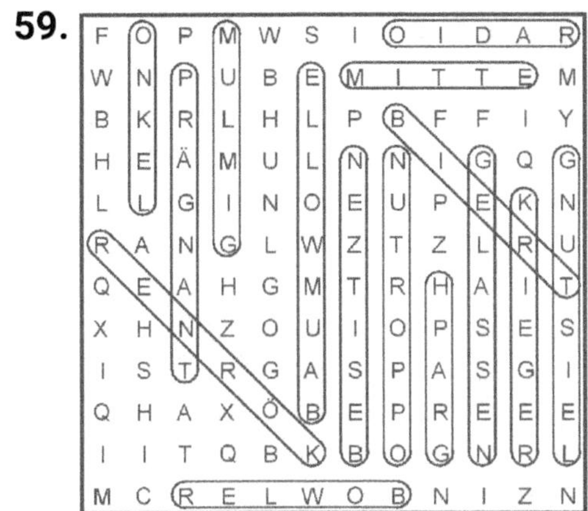

61. 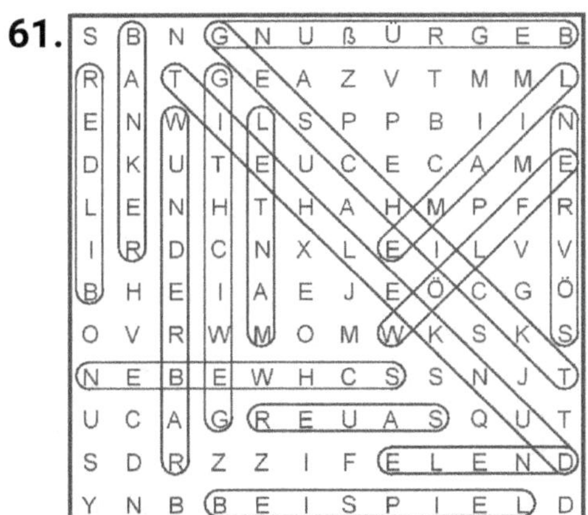

63. 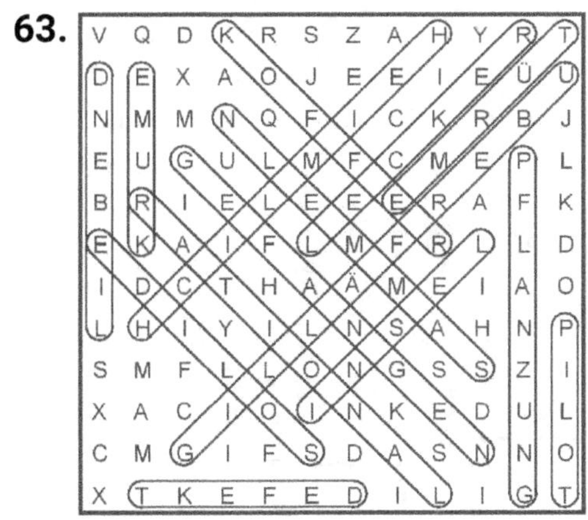

58. 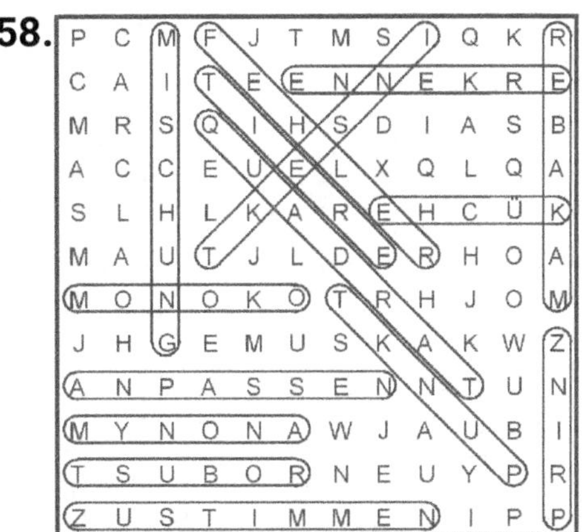

60. 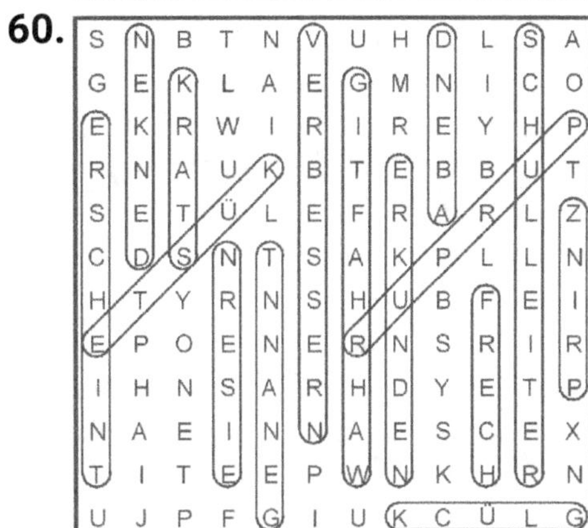

62. 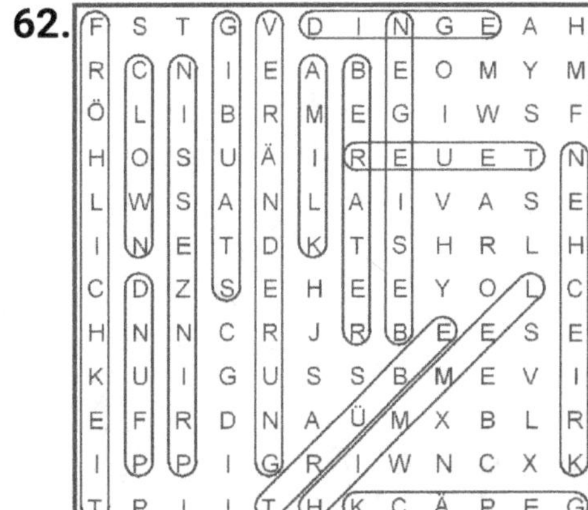

64. 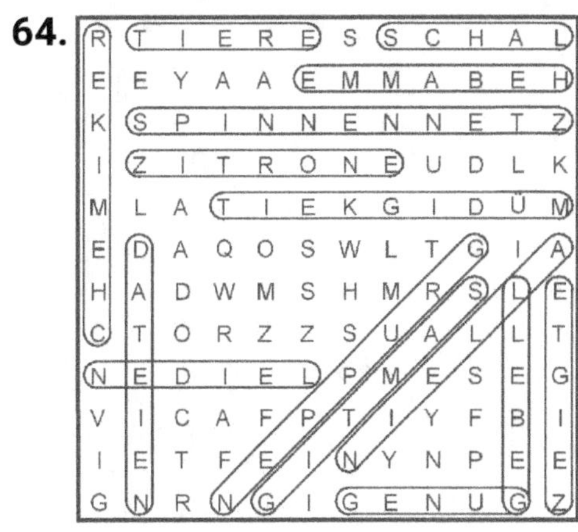

65.

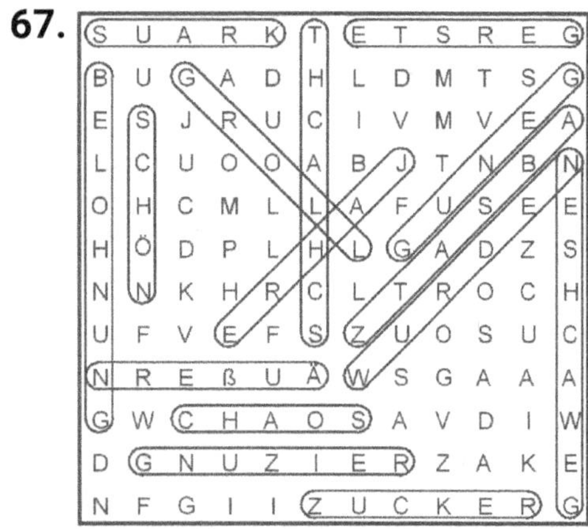

66.

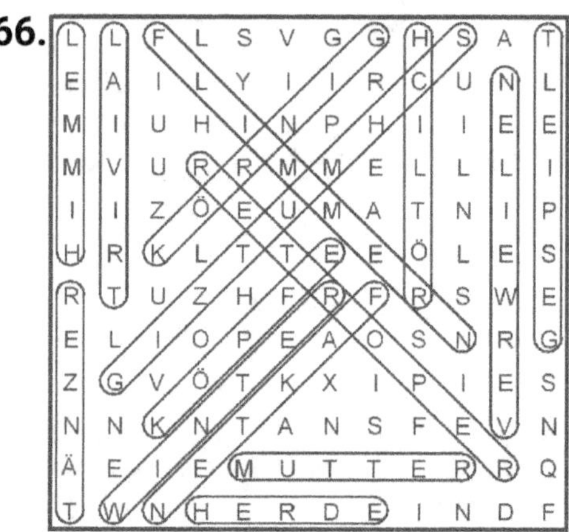

67.

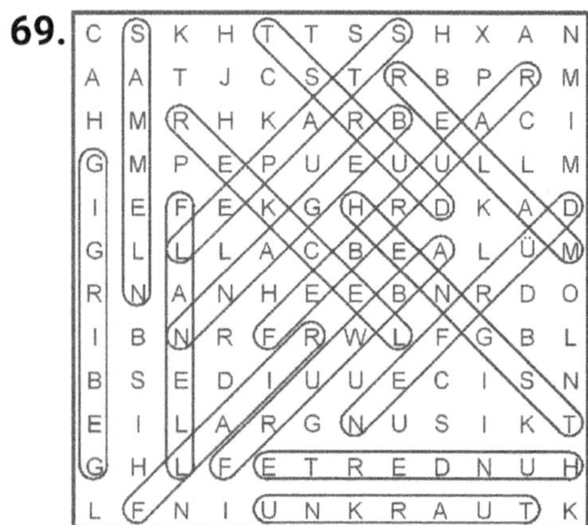

68.

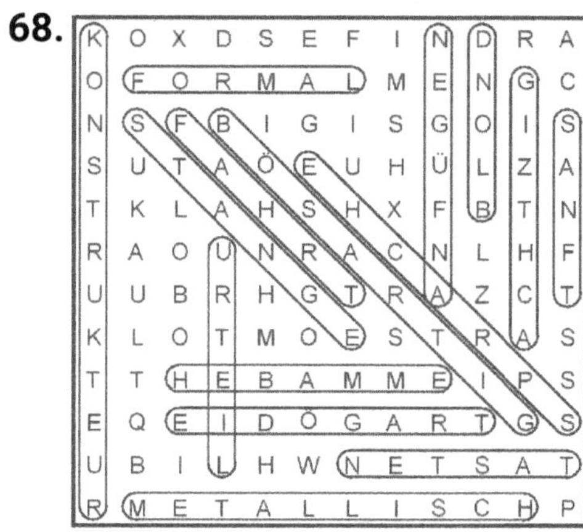

69.

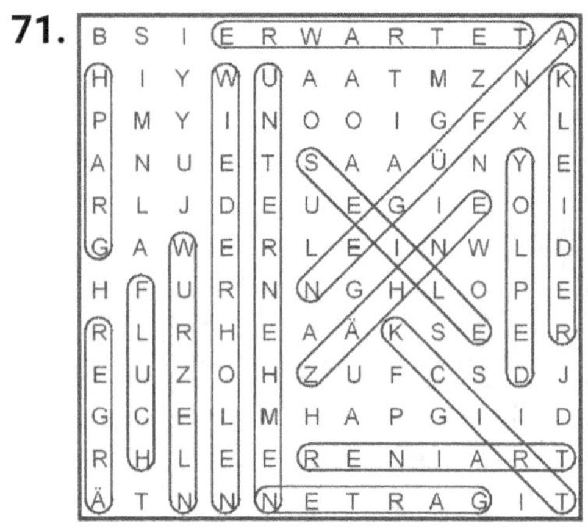

70.

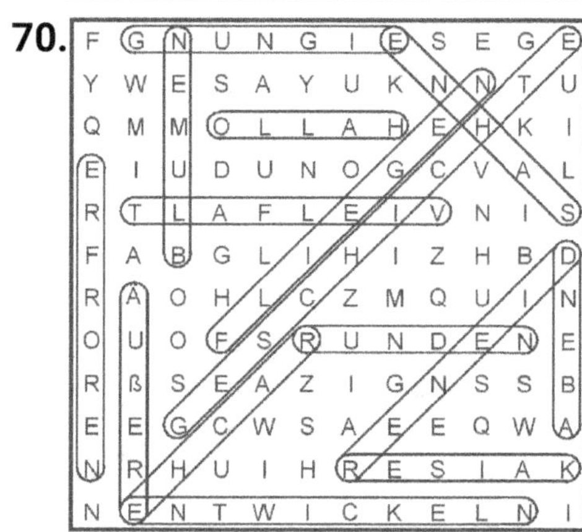

71.

72.

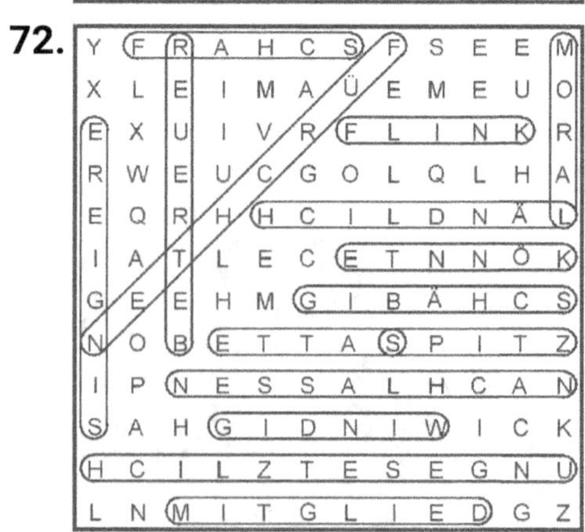

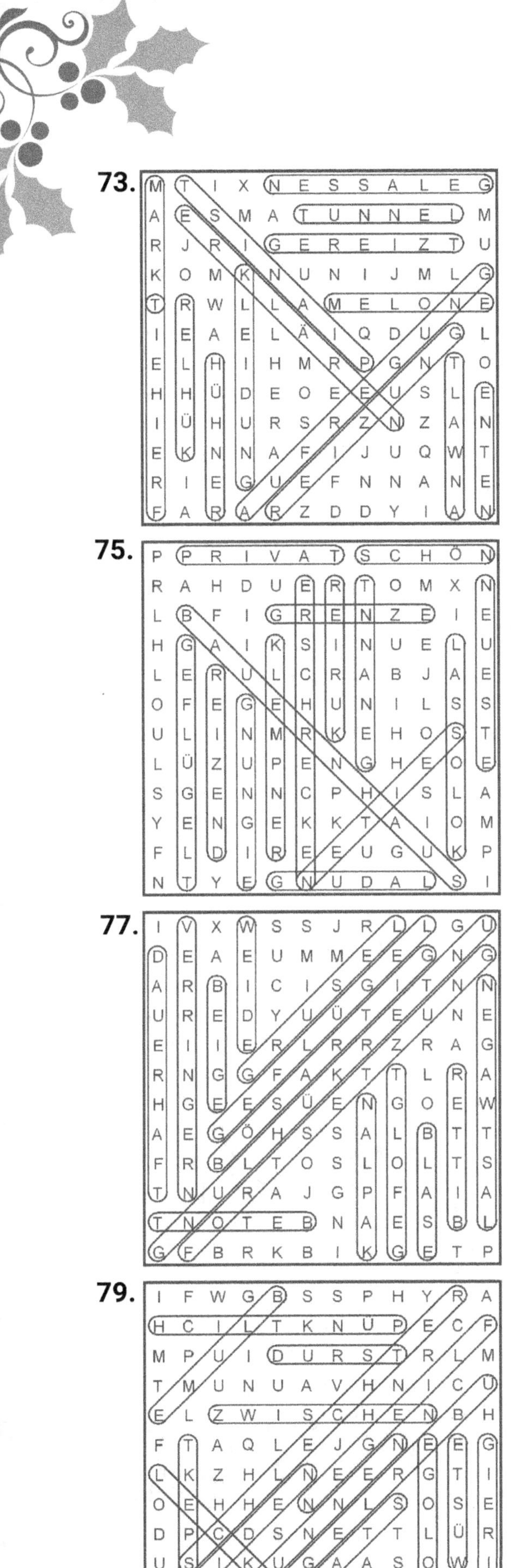
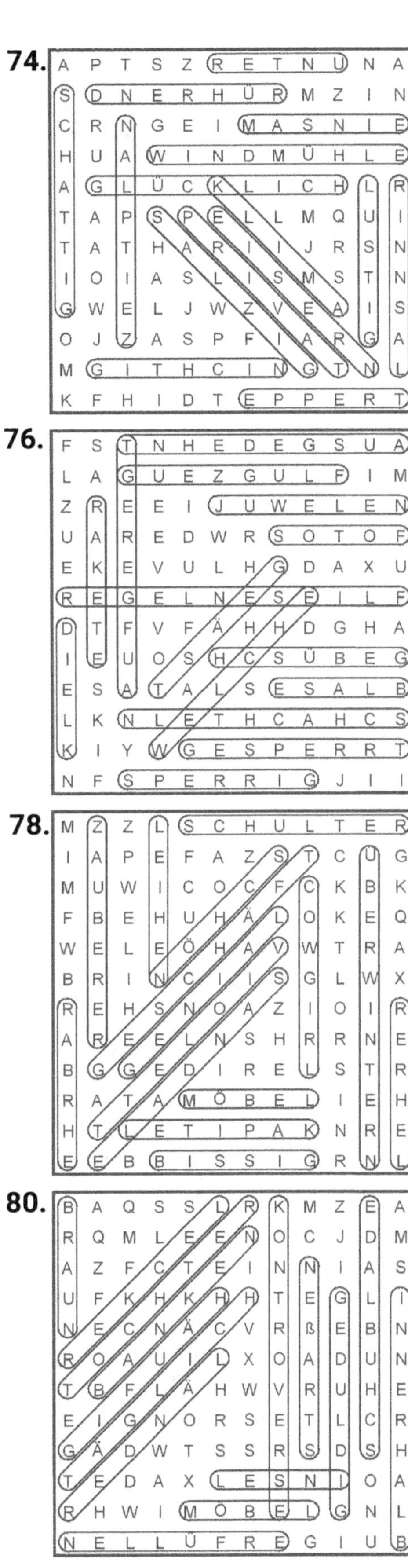

81. 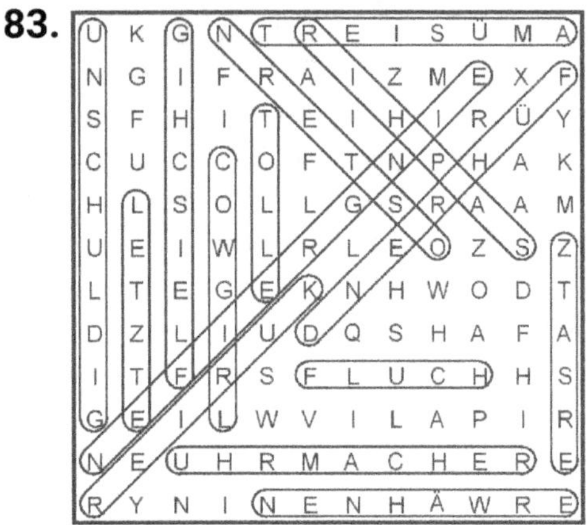

82. 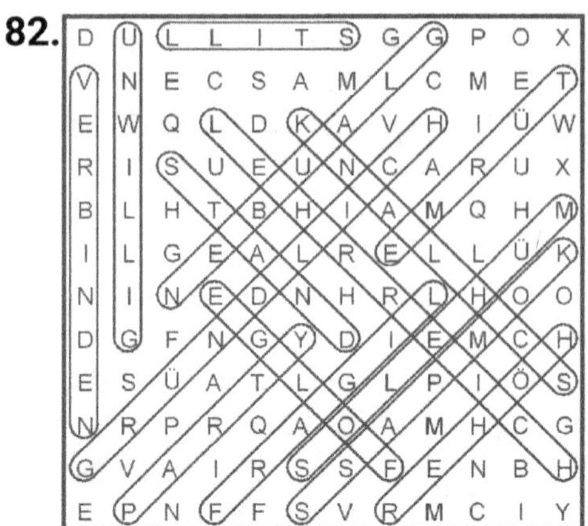

83. 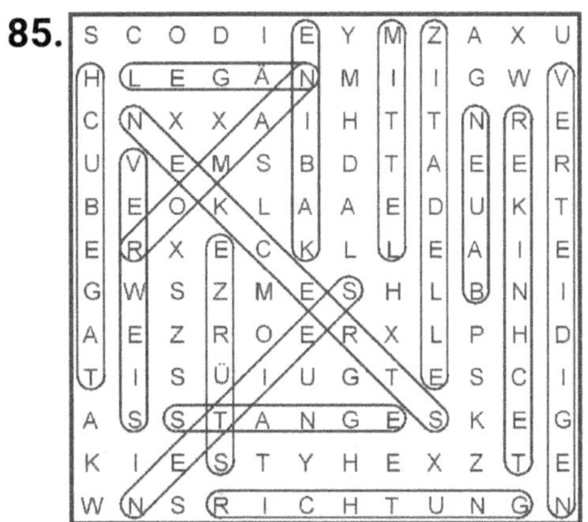

84. 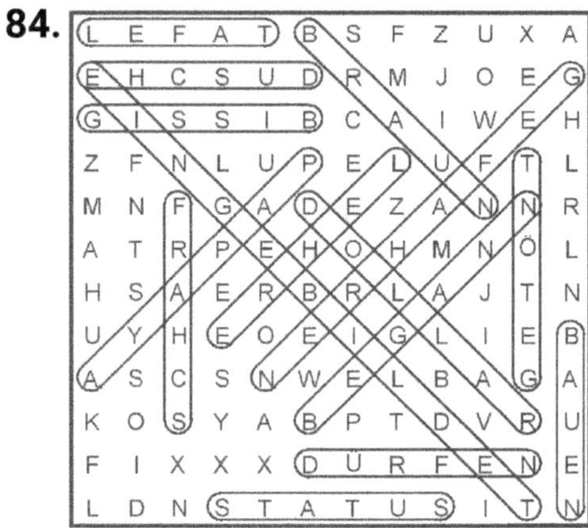

85. 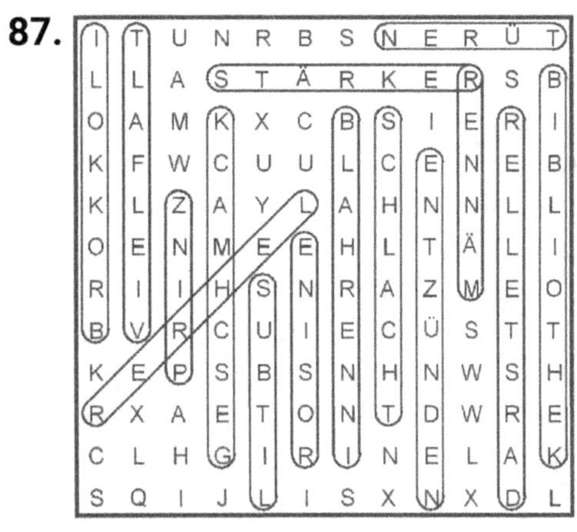

86. 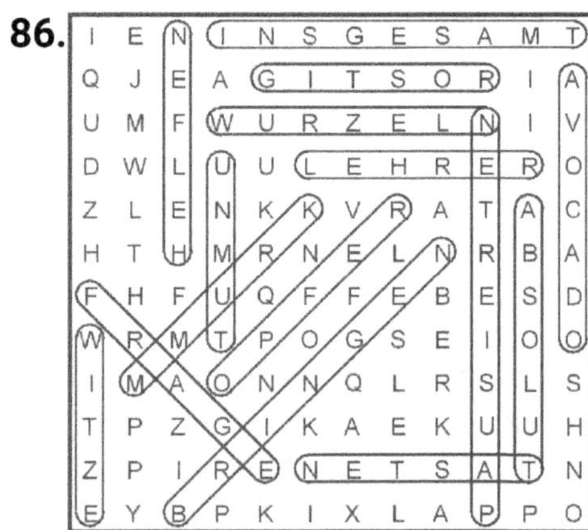

87. 

88. 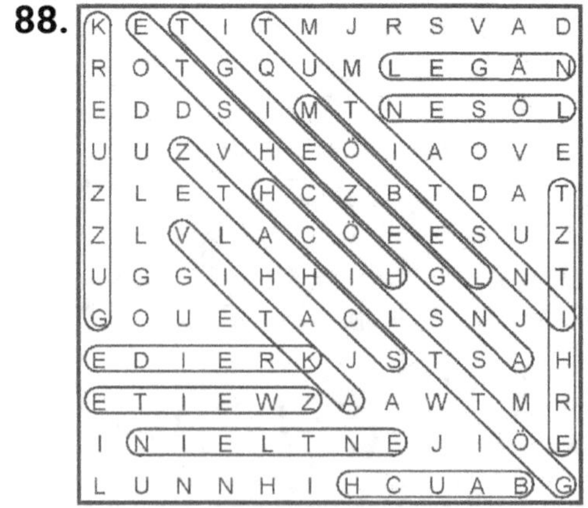

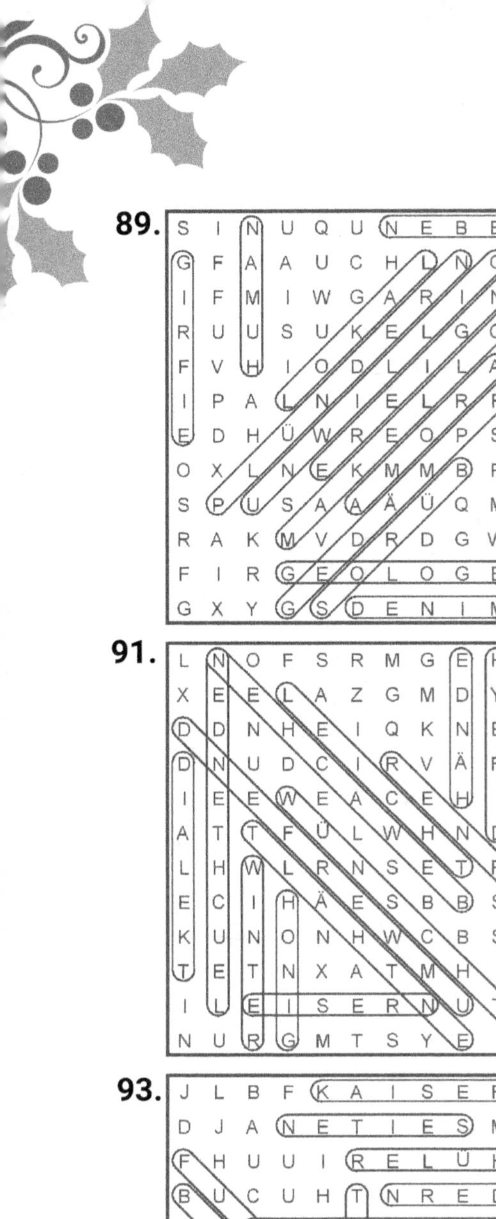

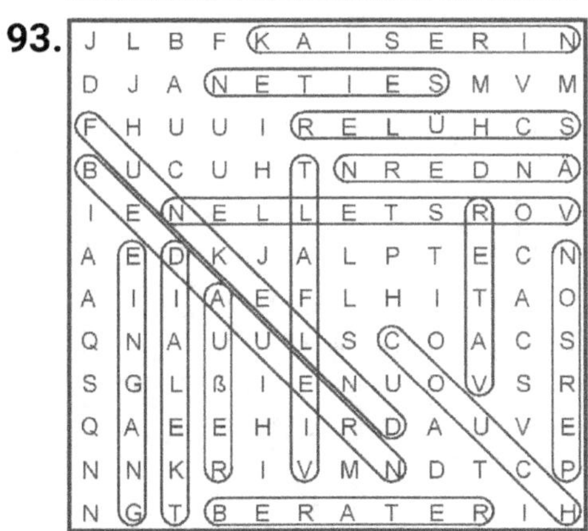

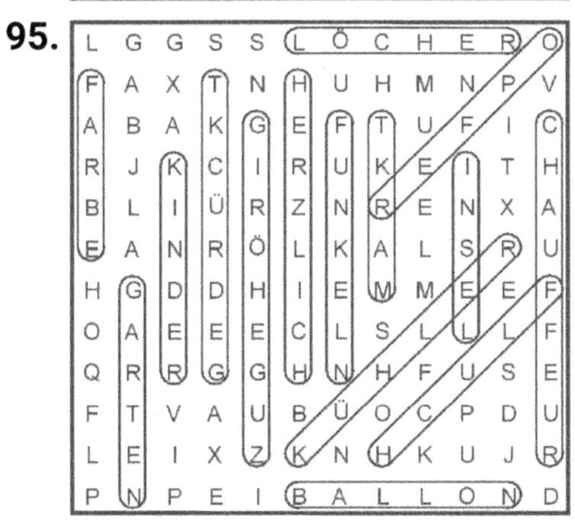

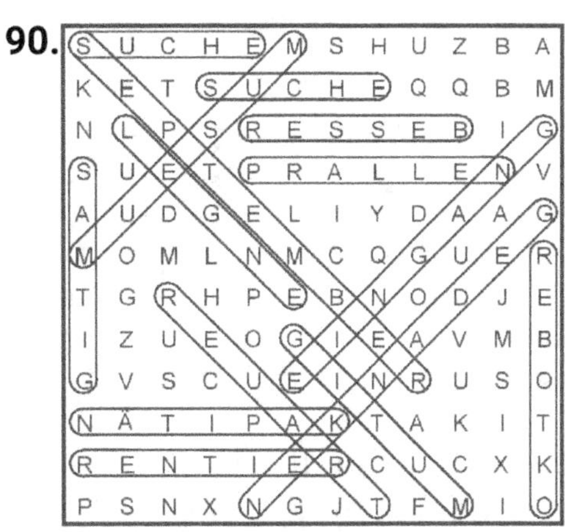

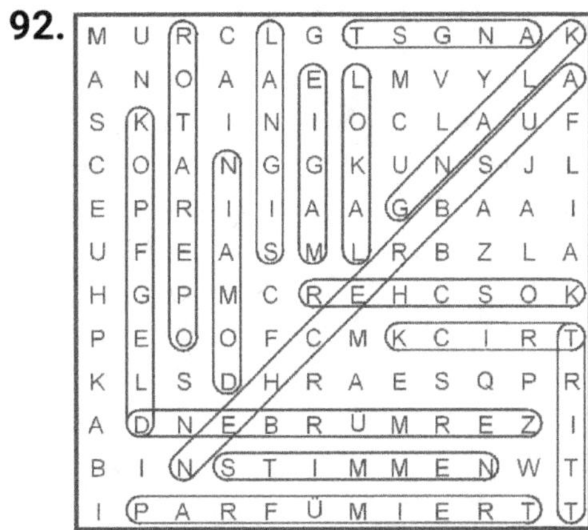

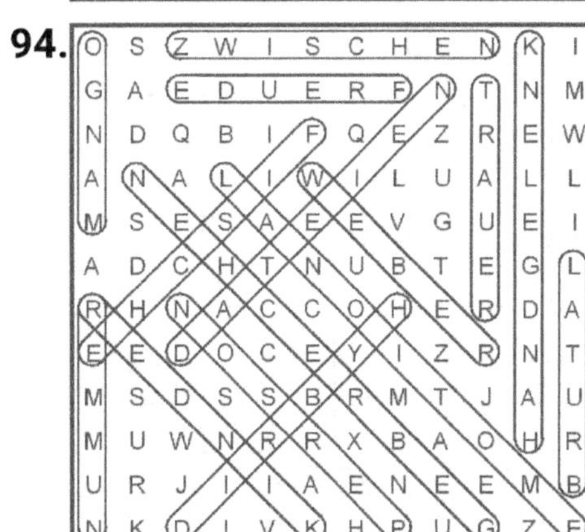

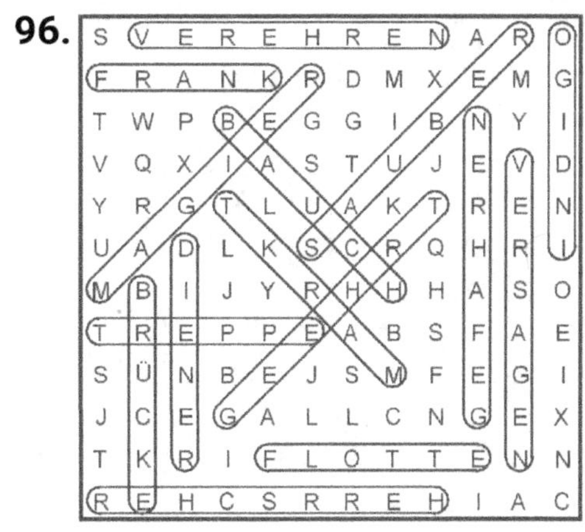

97.
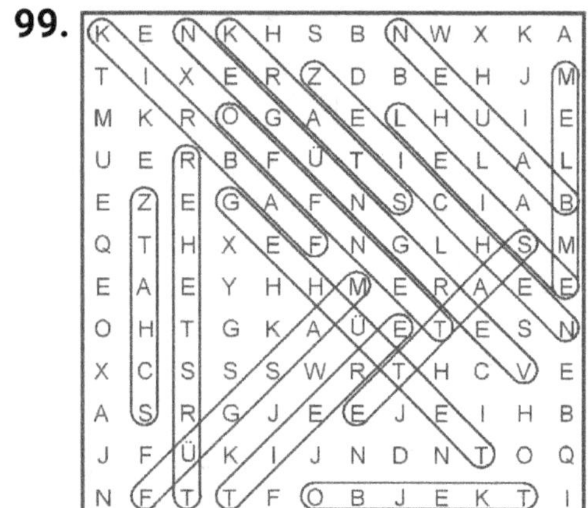

98.
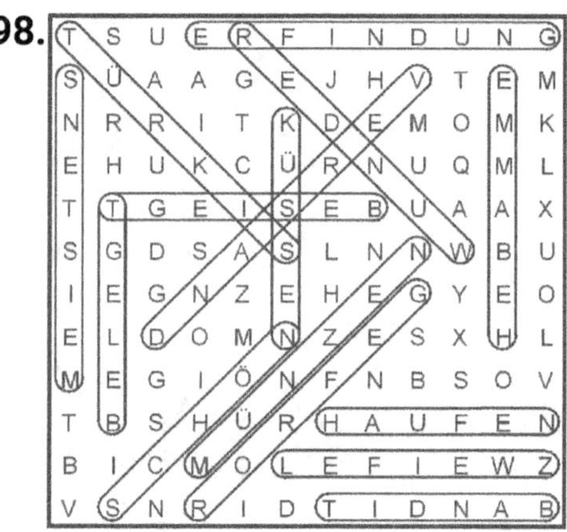

99.
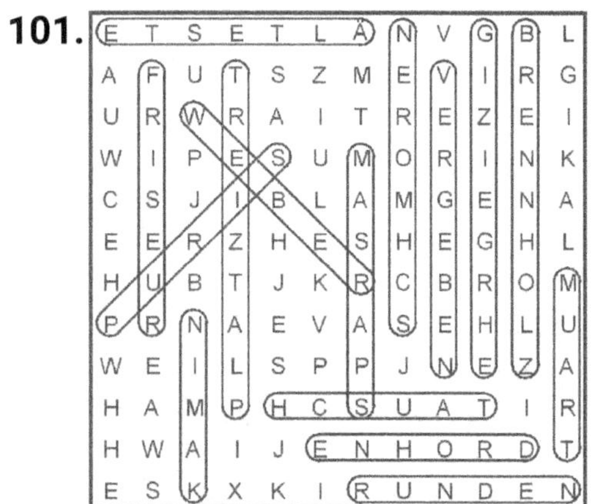

100.
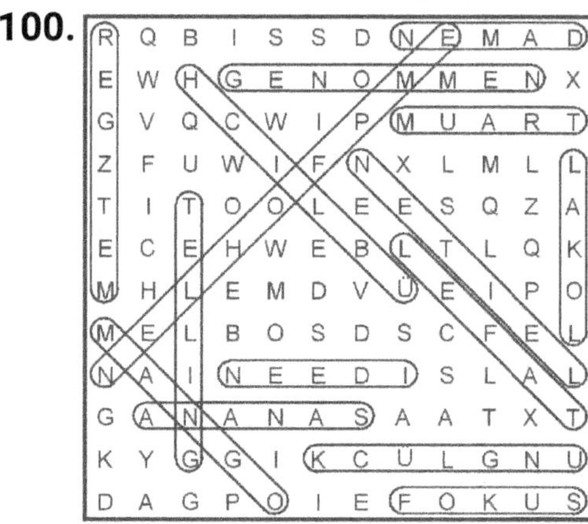

101.
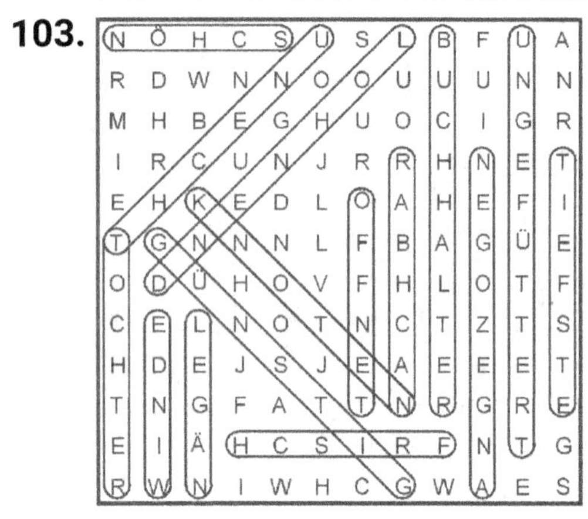

102.
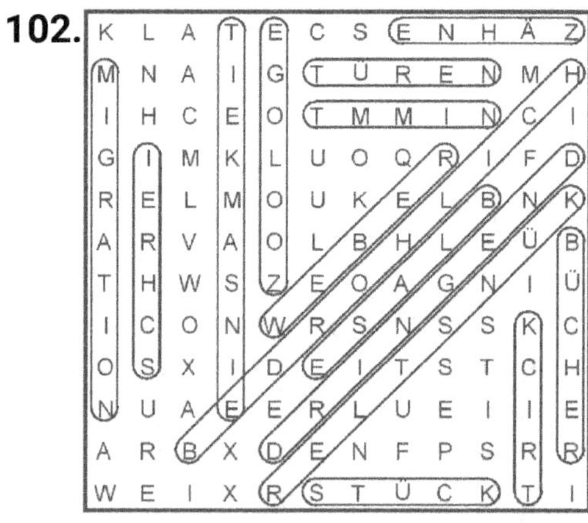

103.

104.
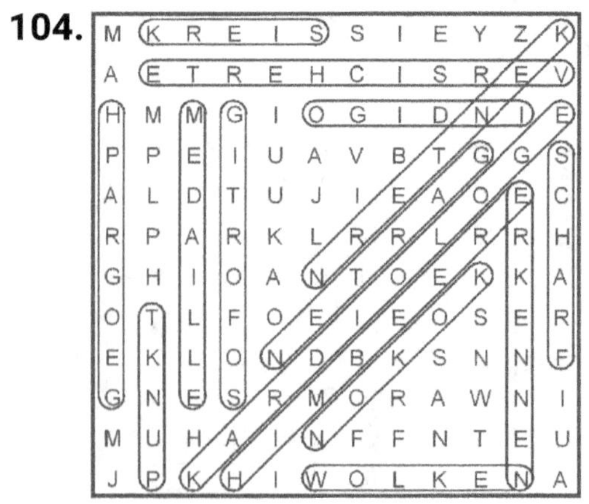

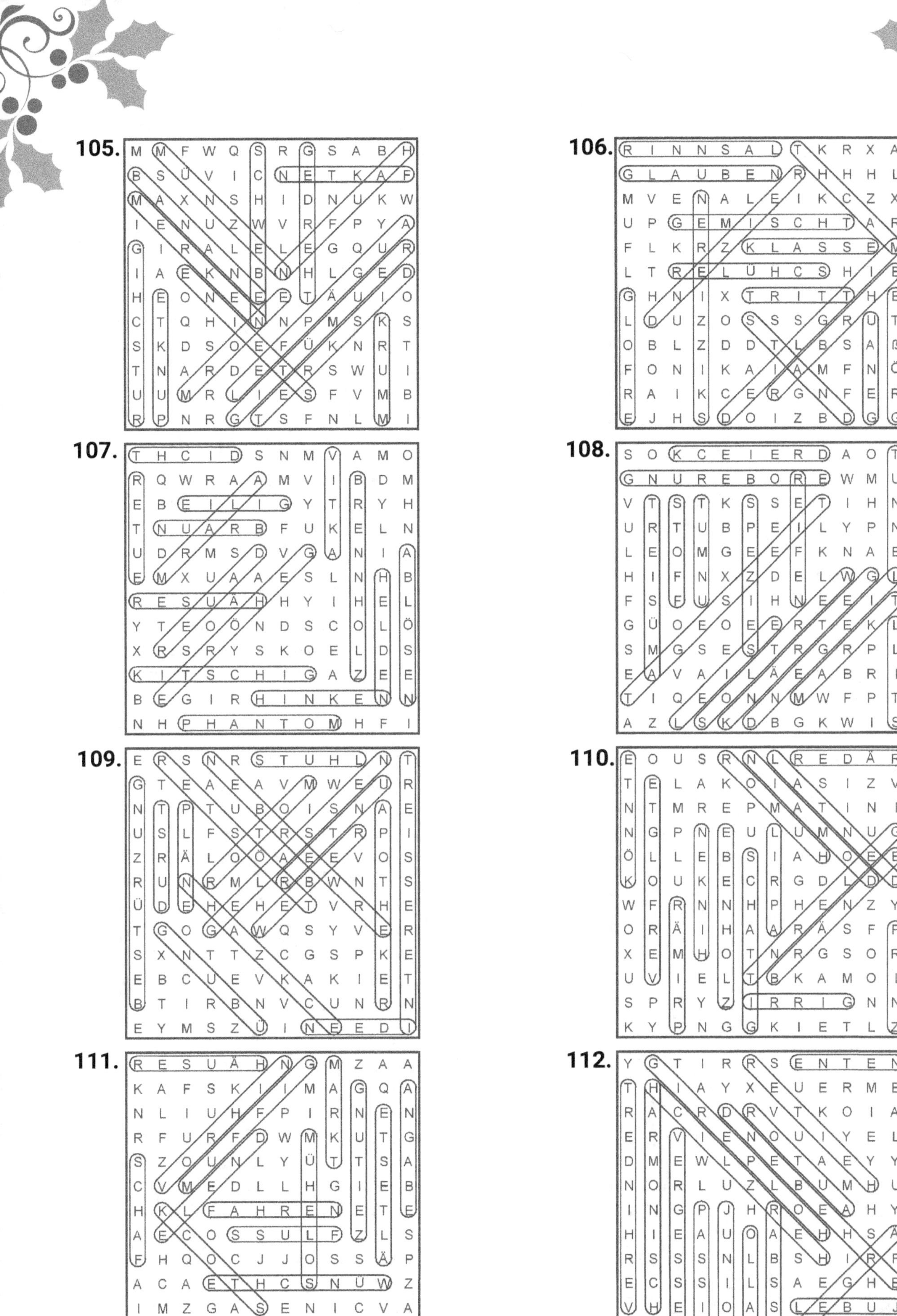

113.

114.

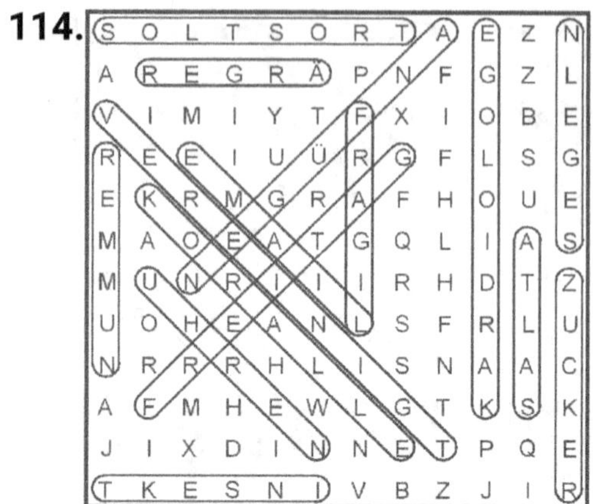

115.

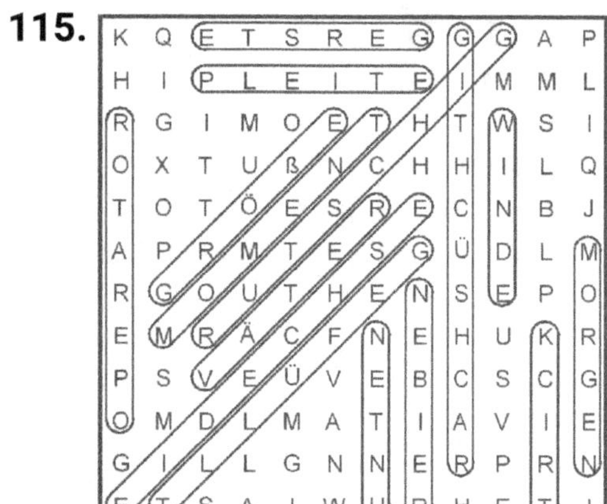

116.

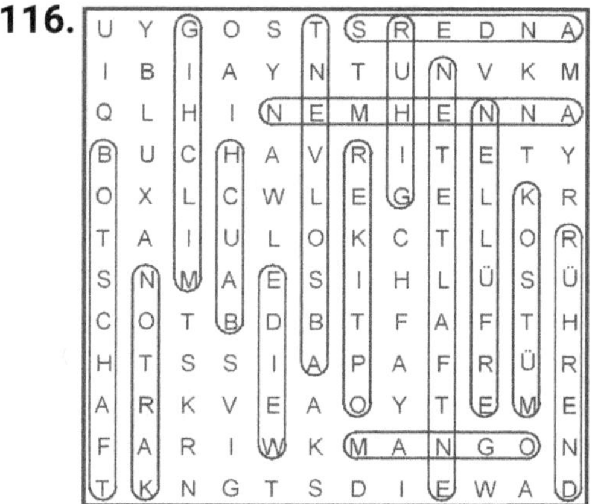

117.

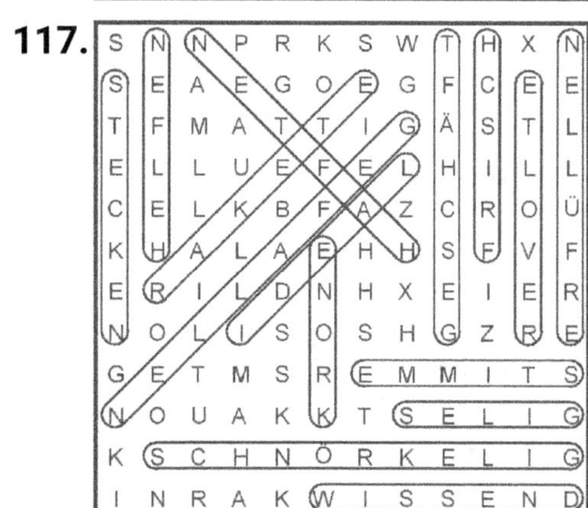

118.

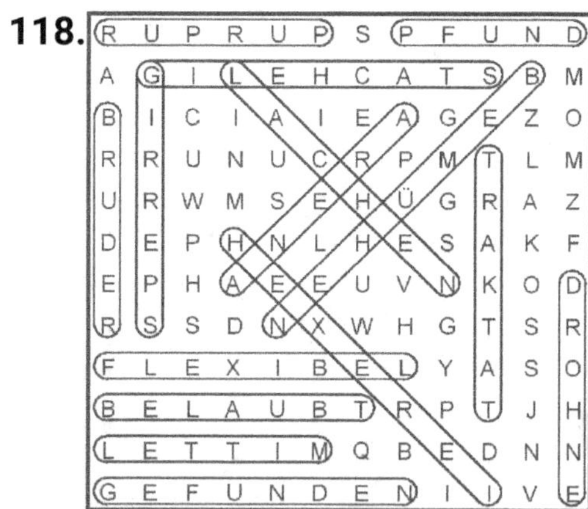

119.

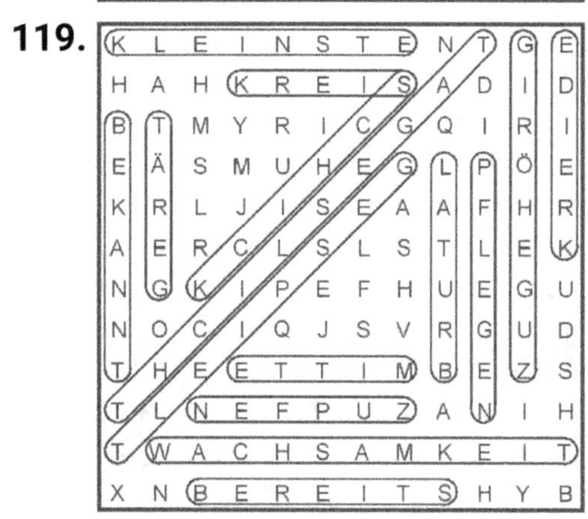

120.

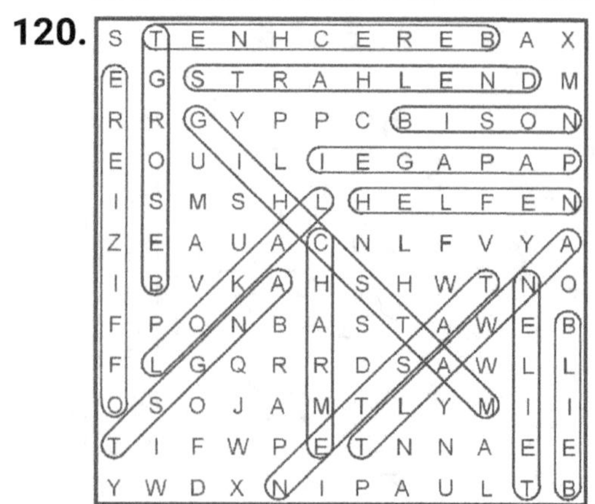

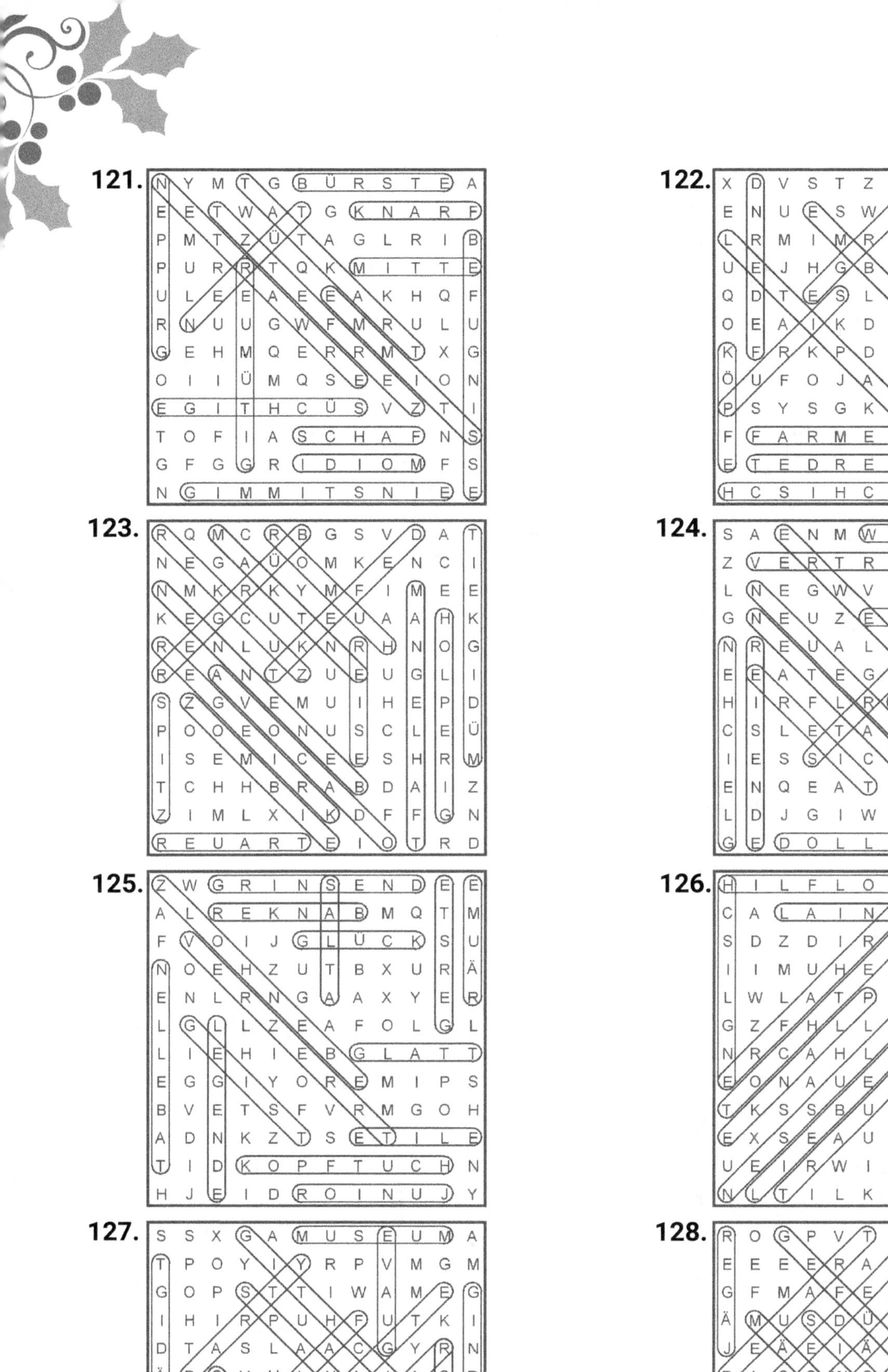

121.
122.
123.
124.
125.
126.
127.
128.

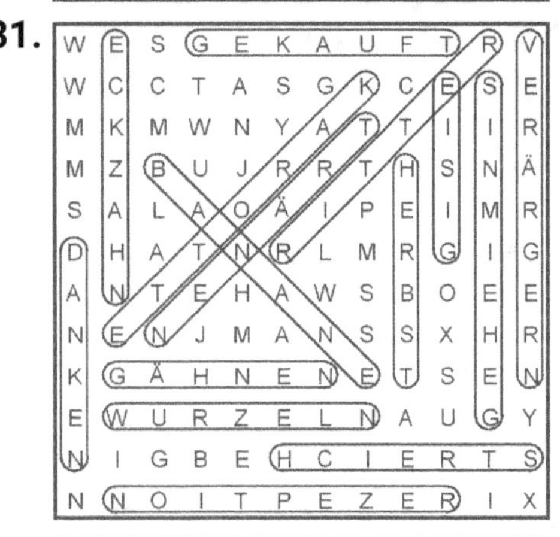
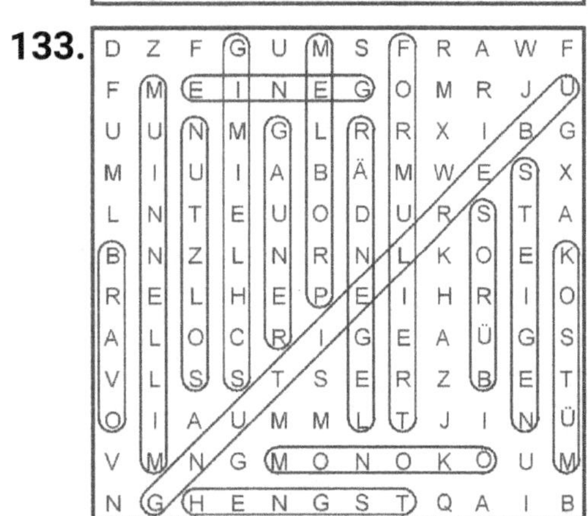
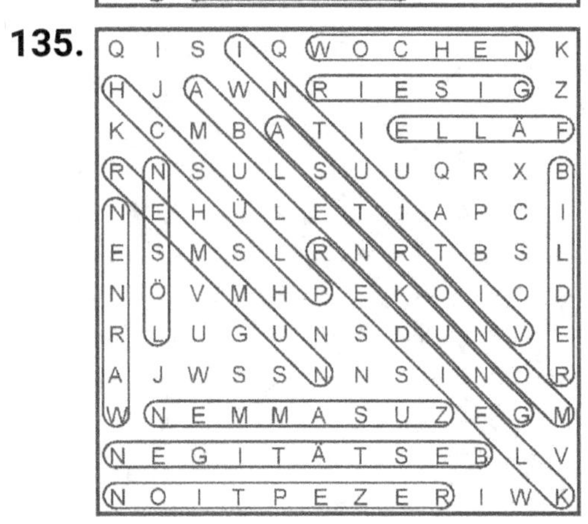
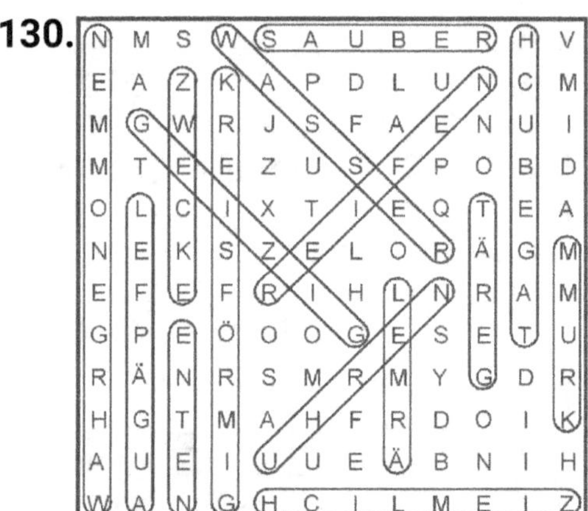
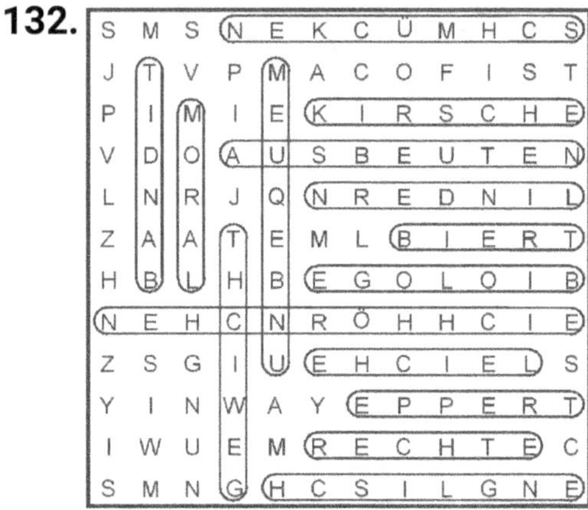
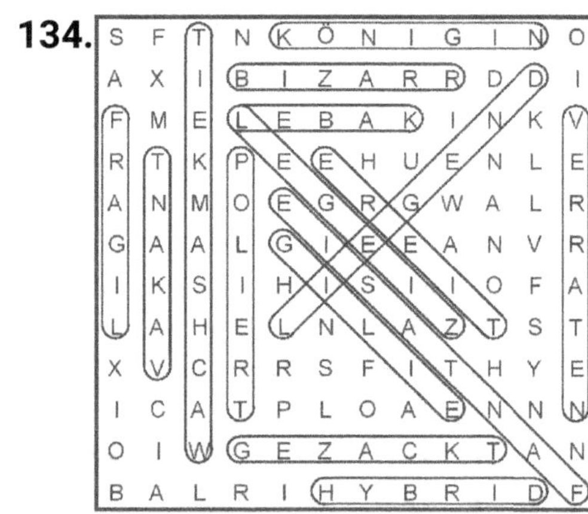
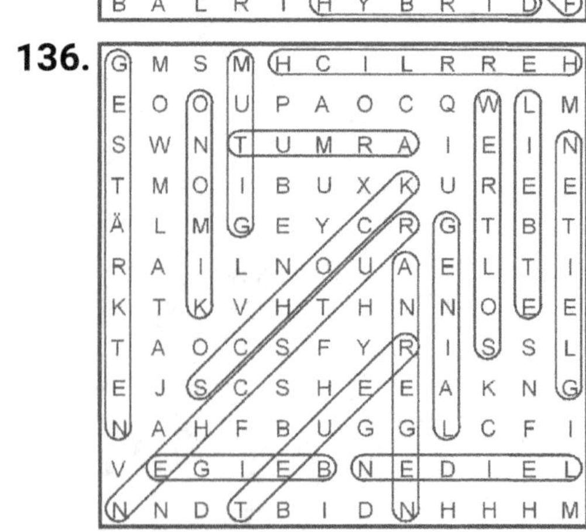

118

137.

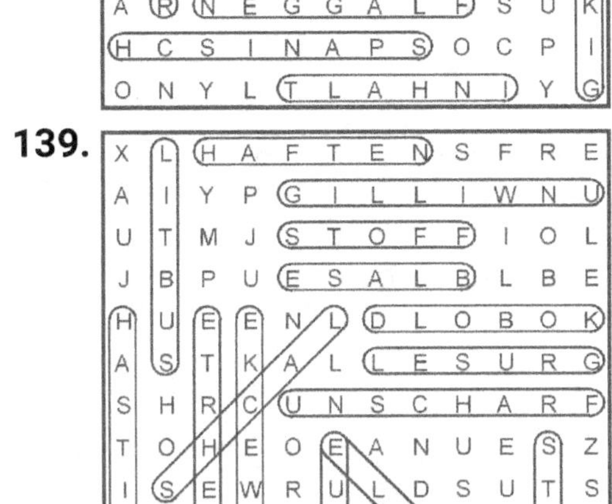

139.

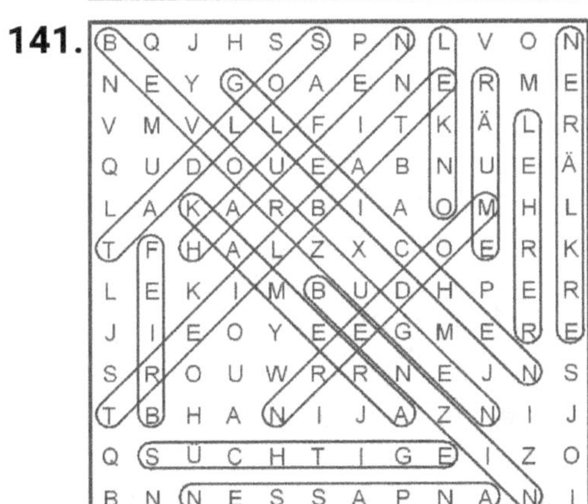

141.

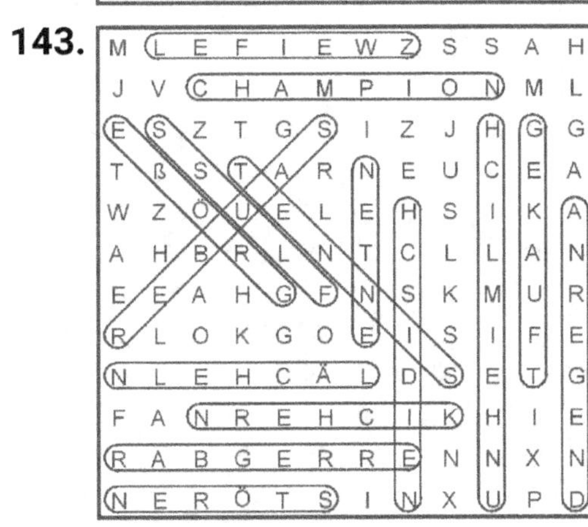

143.

138.

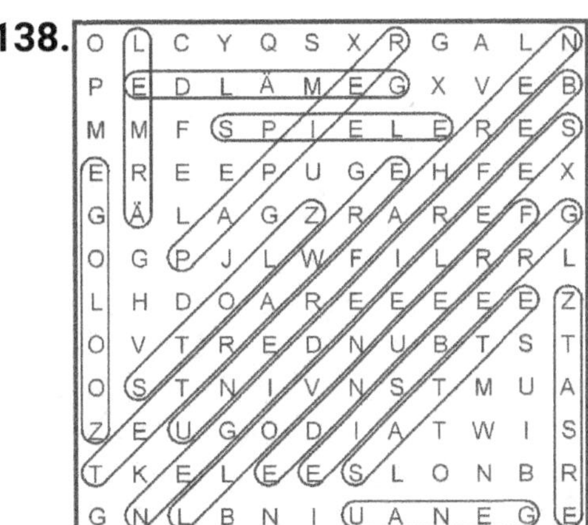

140.

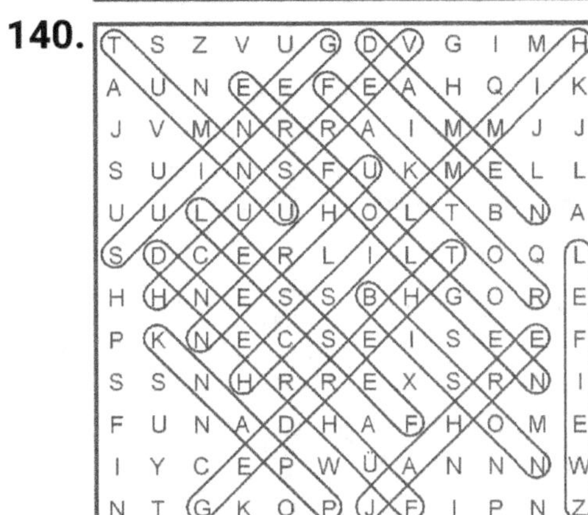

142.

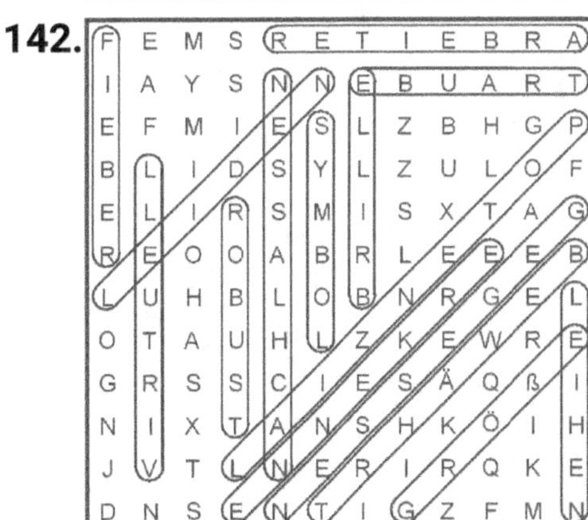

144.

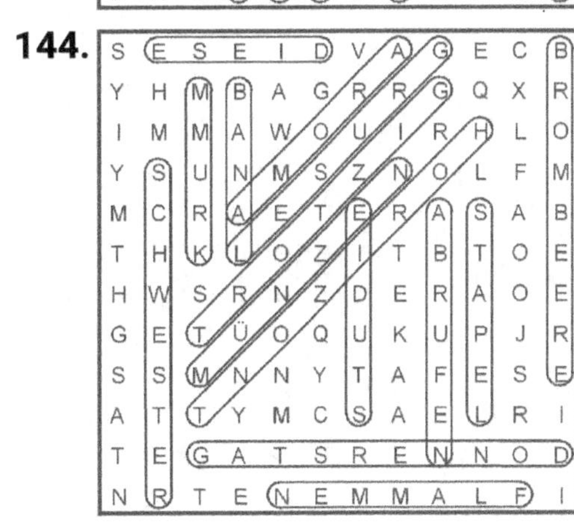

145.
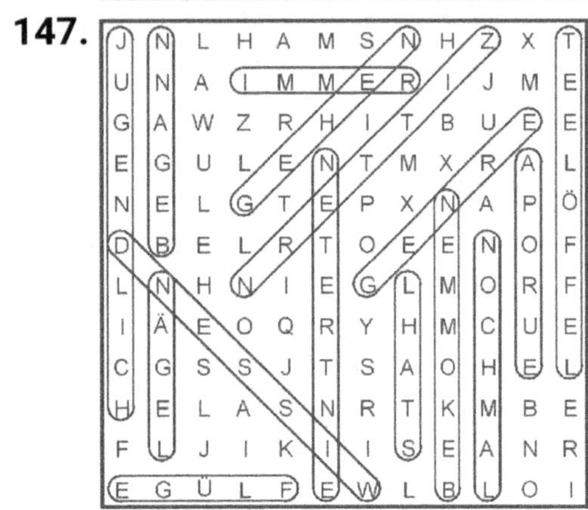

146.
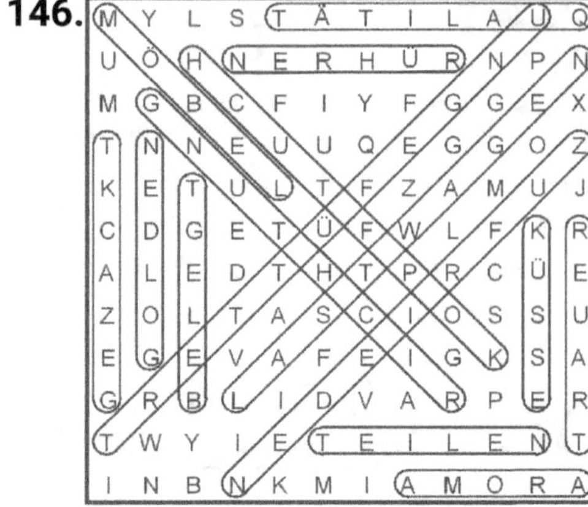

147.
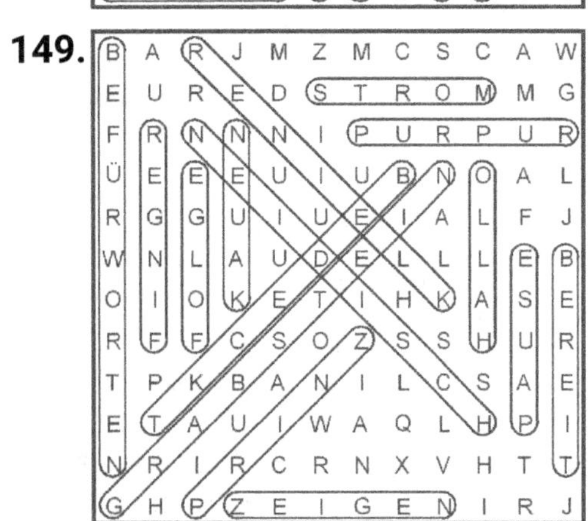

148.
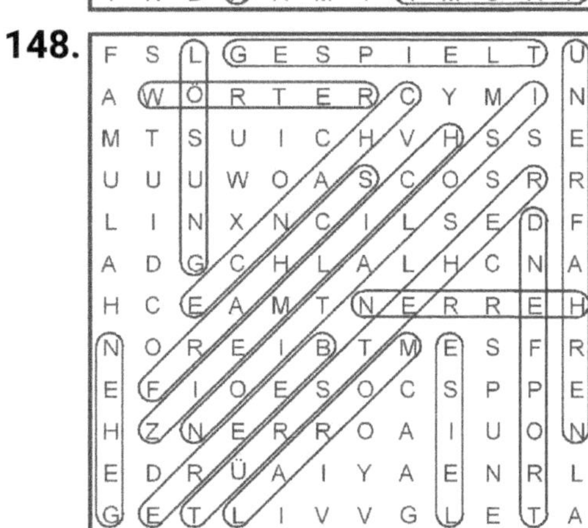

149.
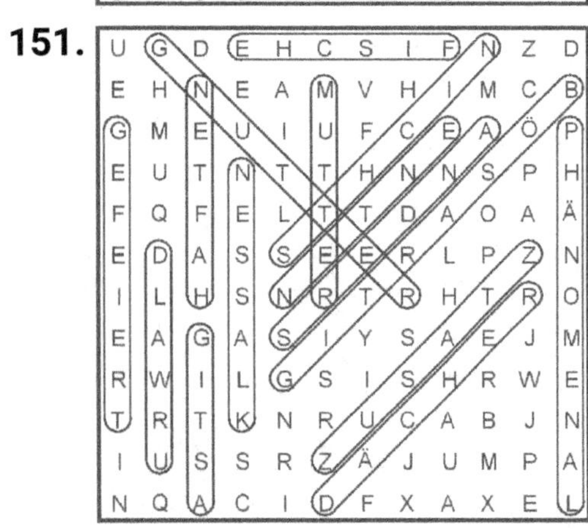

150.
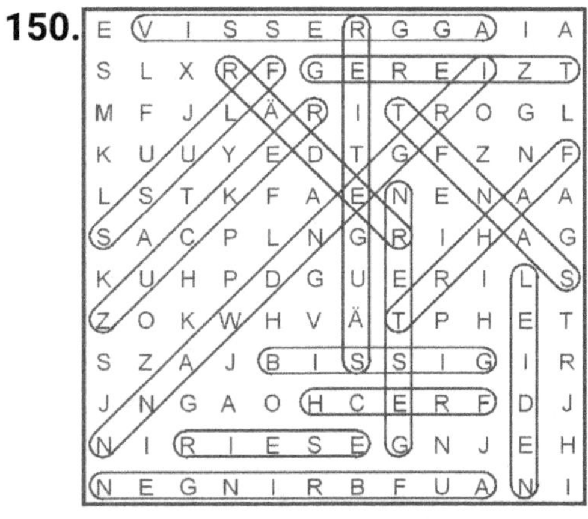

151.

152.
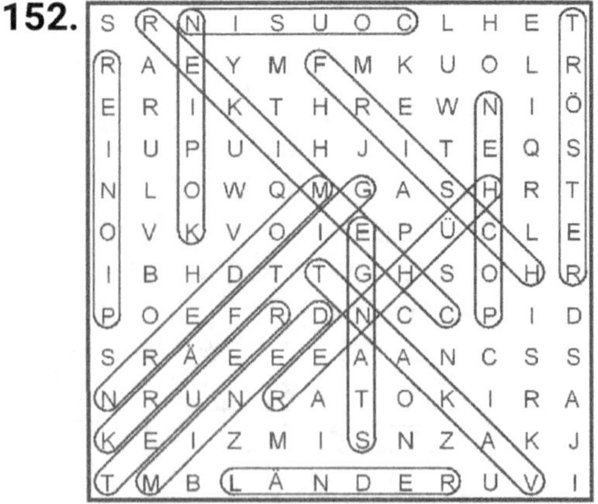

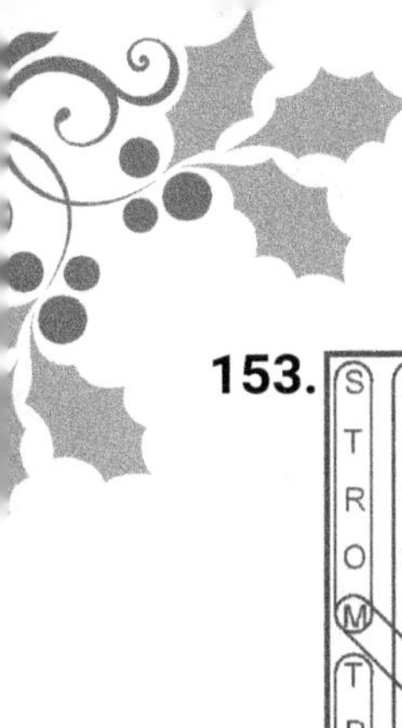

153.

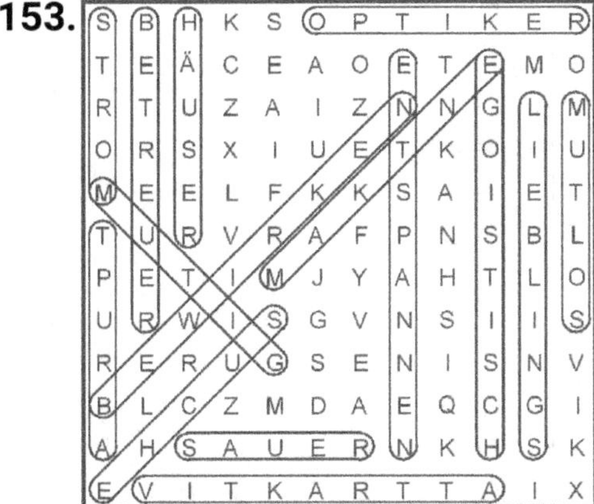

154.

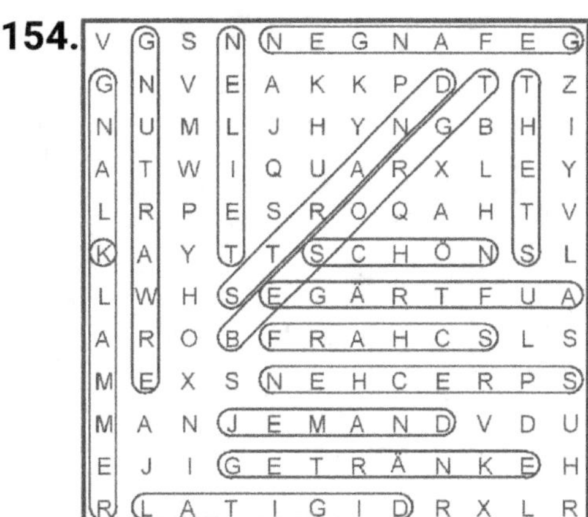

155.

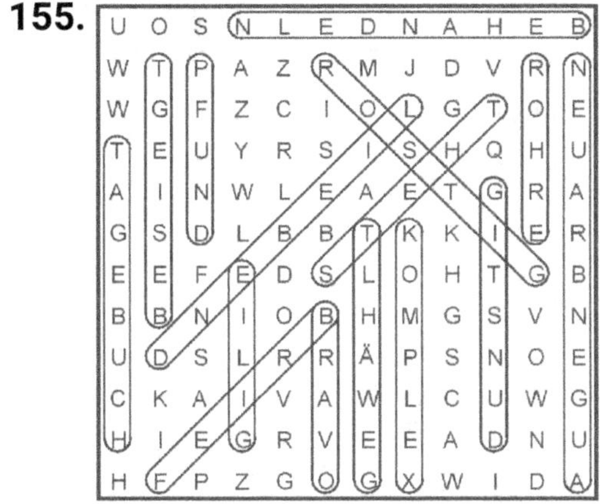

156.

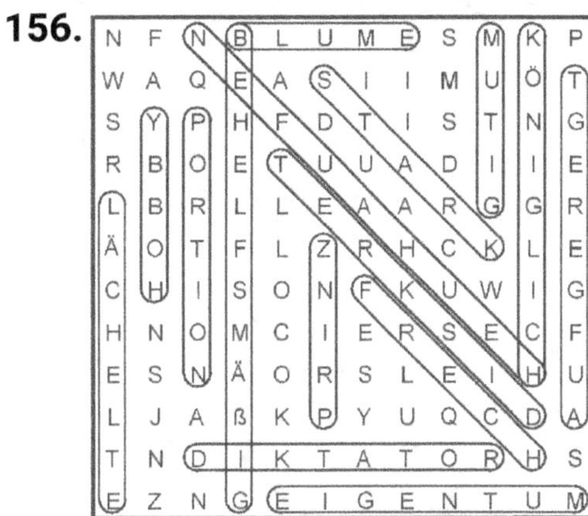

157.

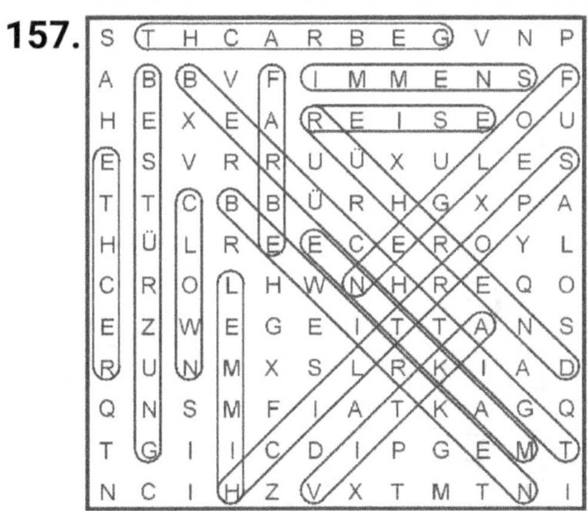

158.

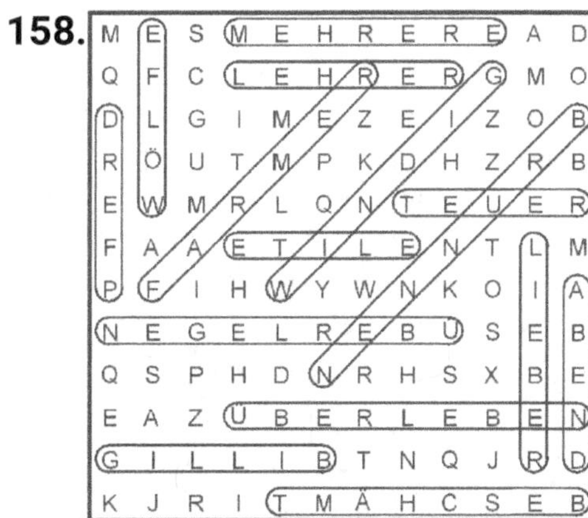

159.

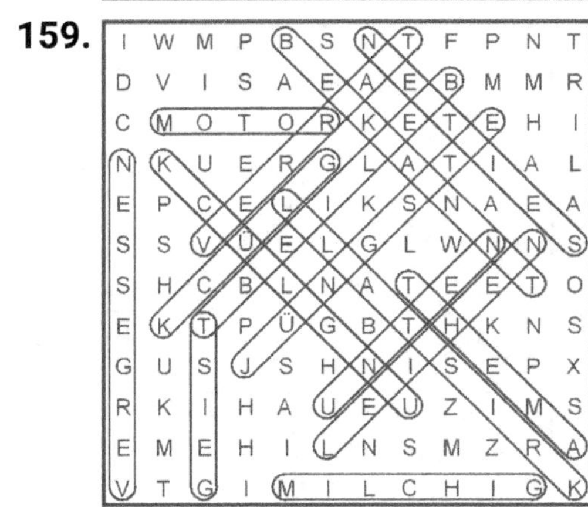

160.

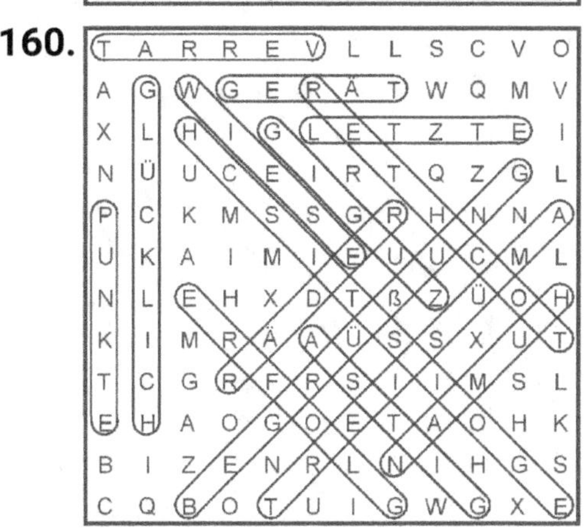

161.

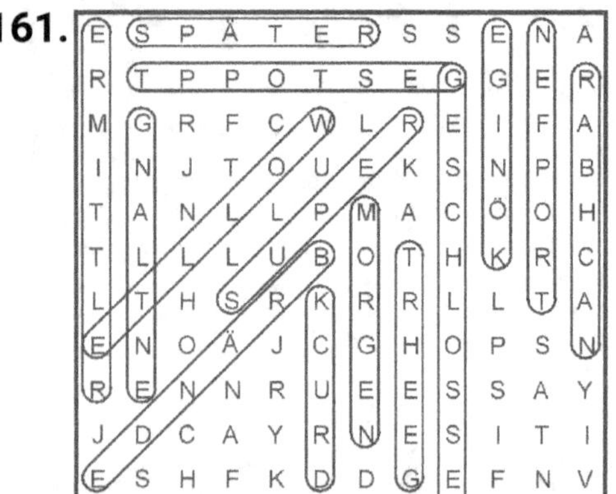

162.

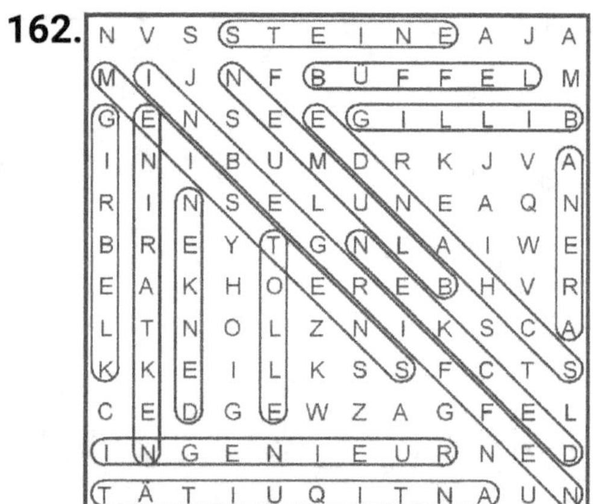

163.

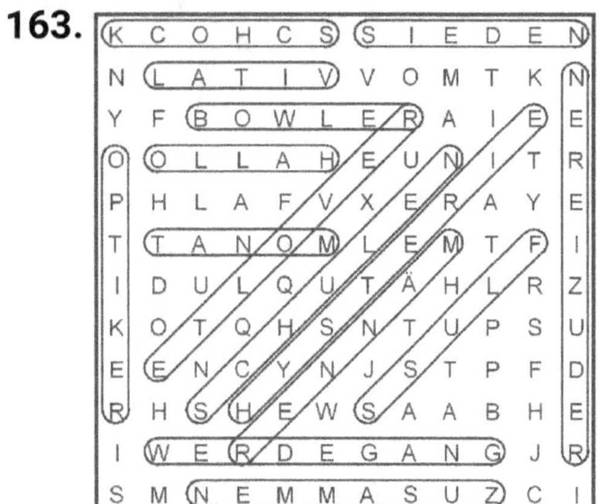

164.

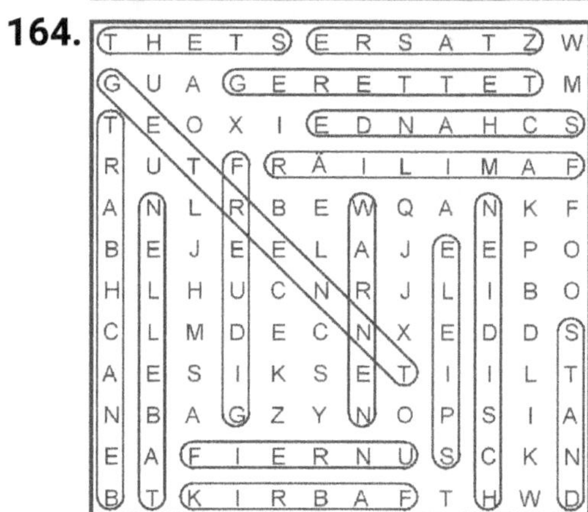

165.

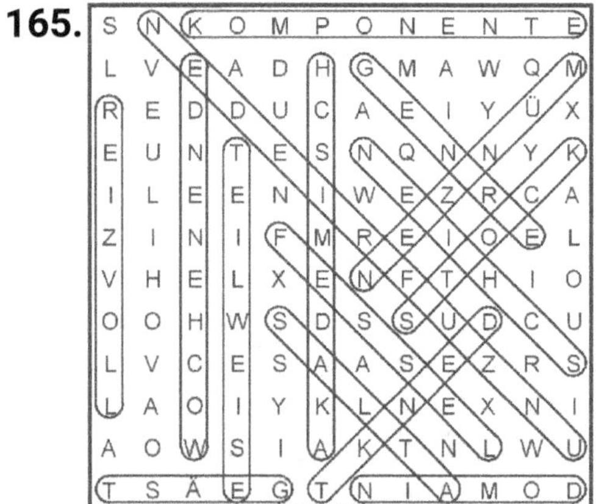

166.

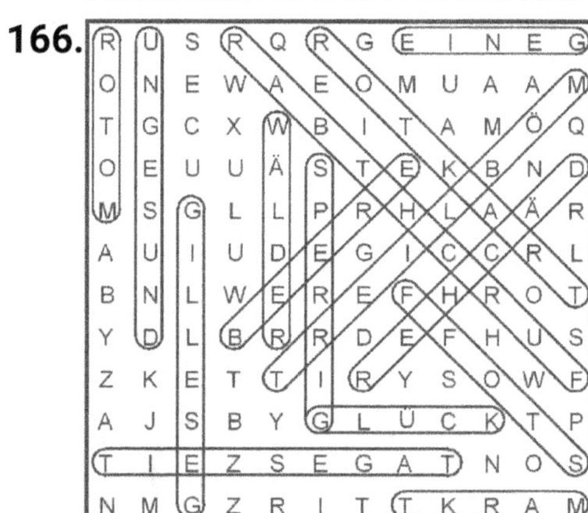

167.

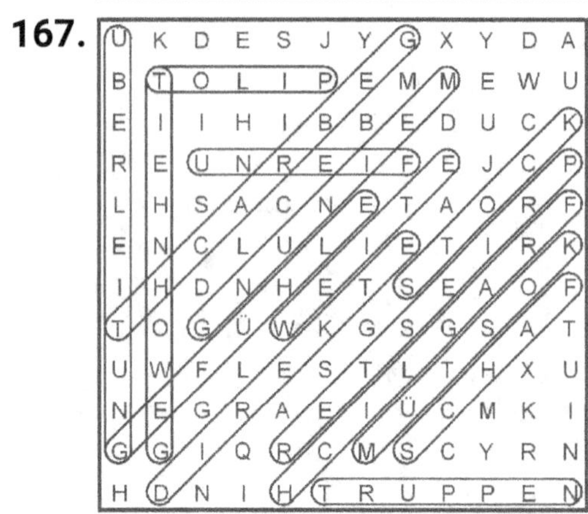

168.

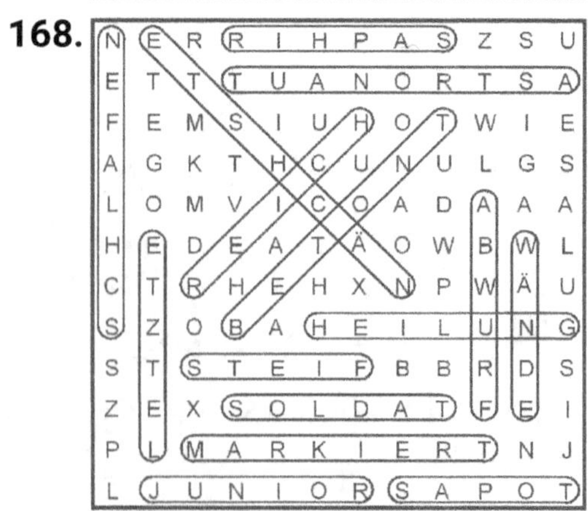

169.

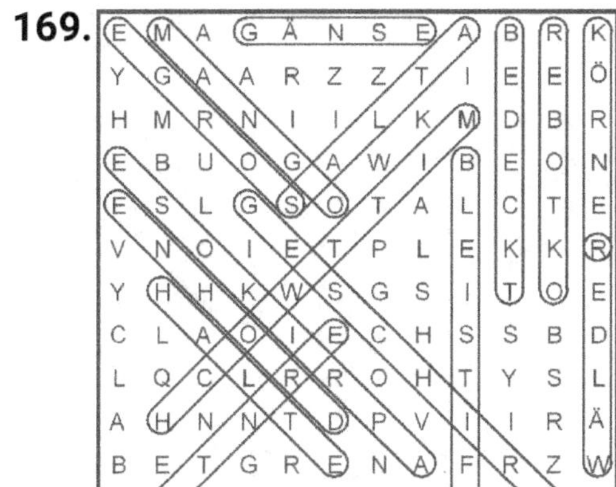

170.

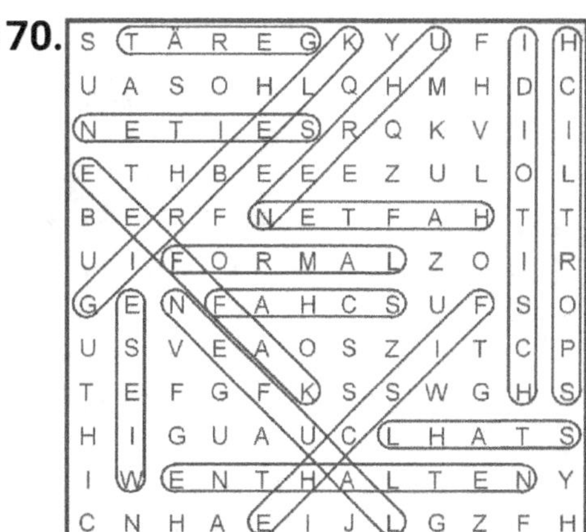

171.

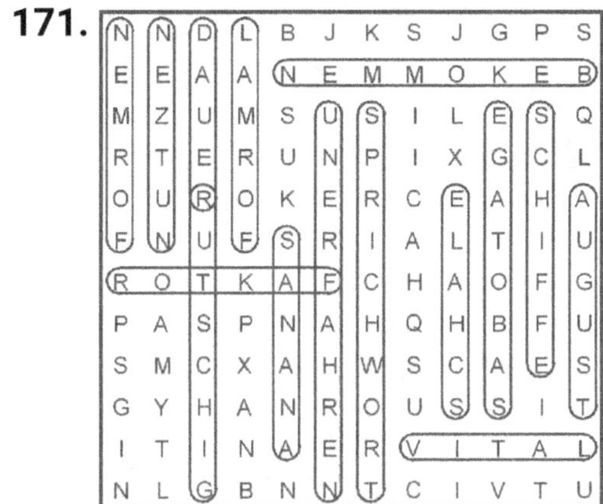

172.

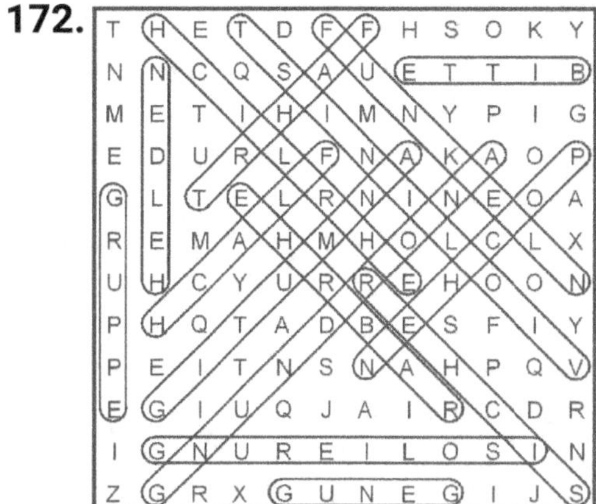

173.

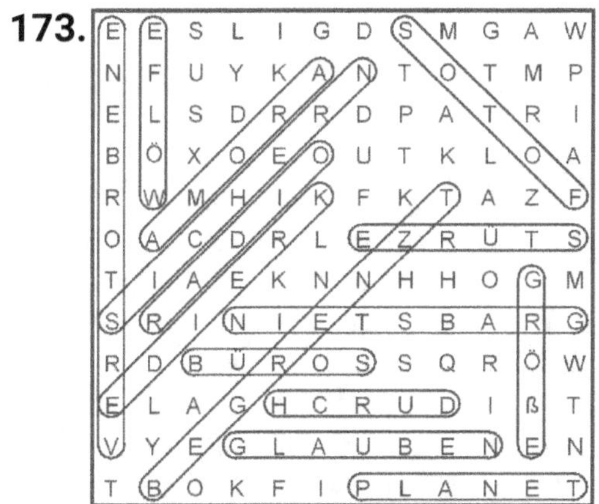

174.

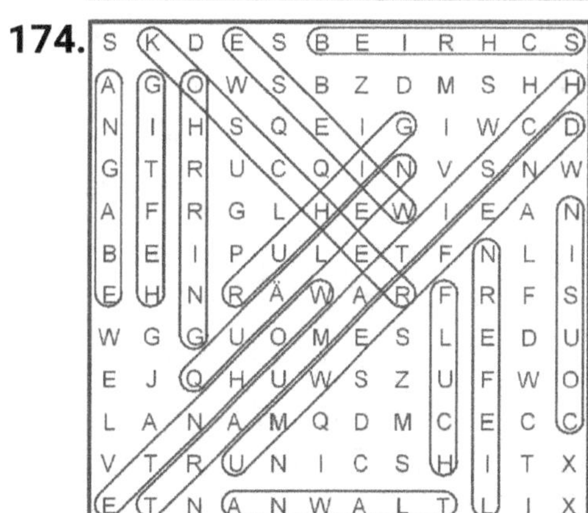

175.

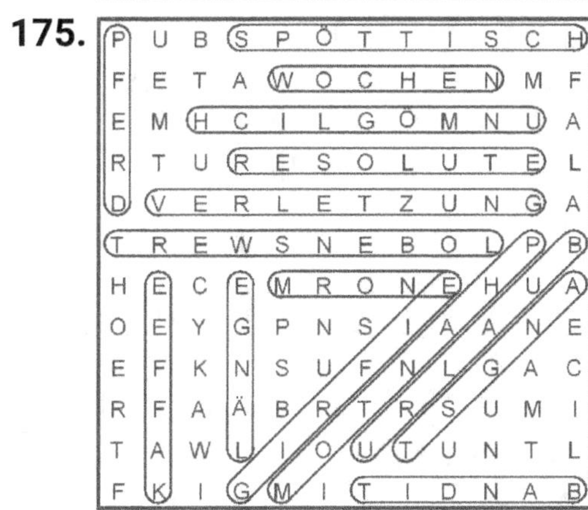

176.

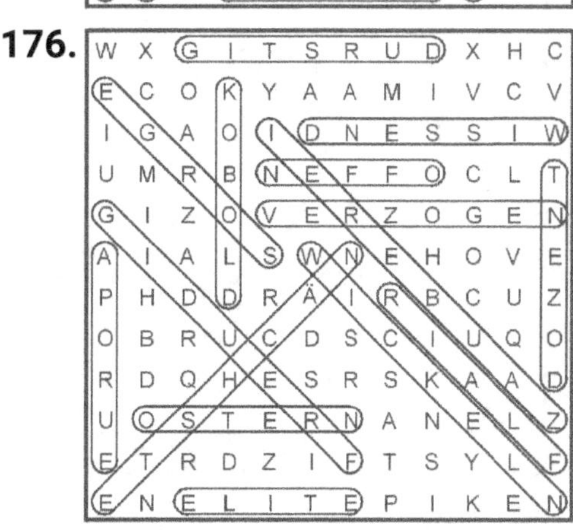

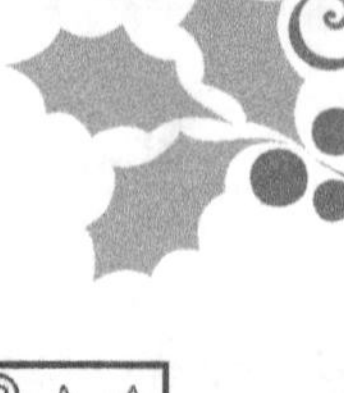

177.

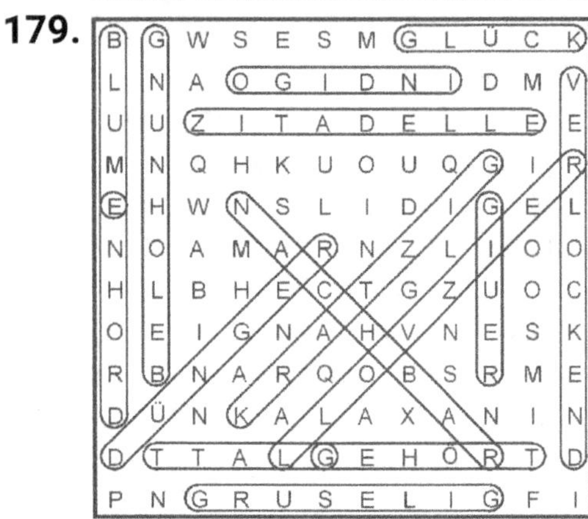

178.

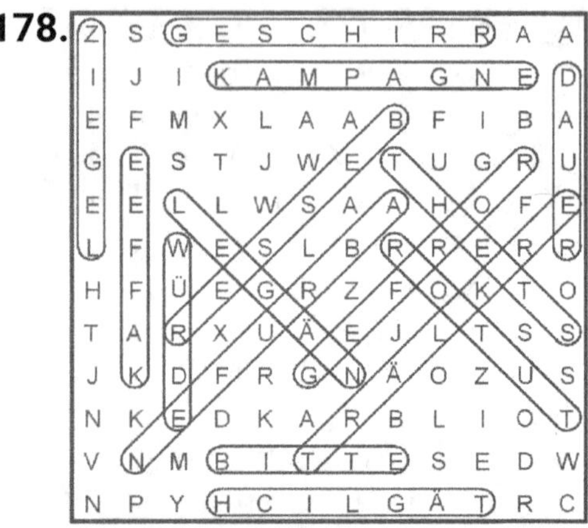

179.

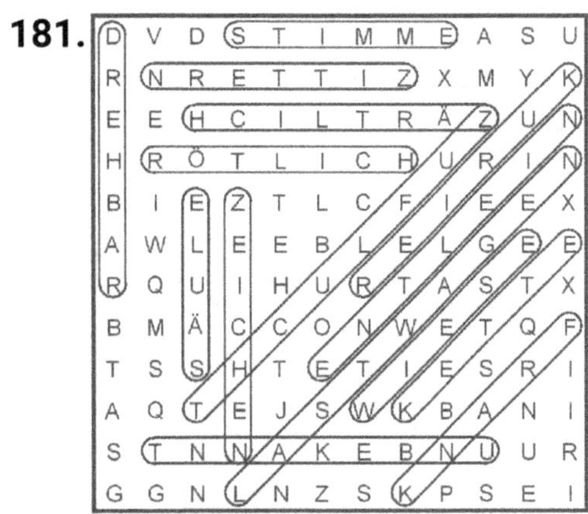

180.

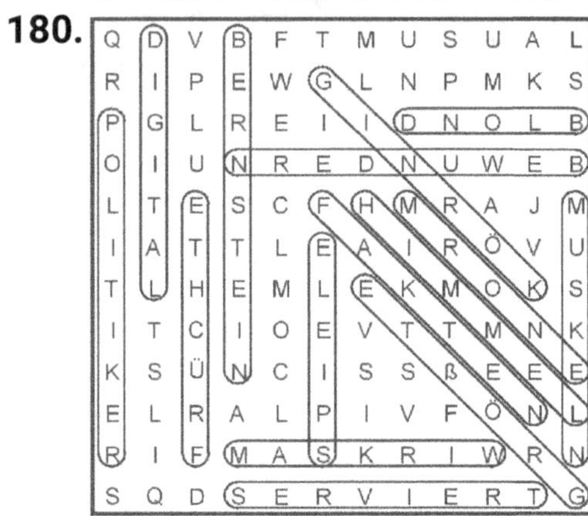

181.

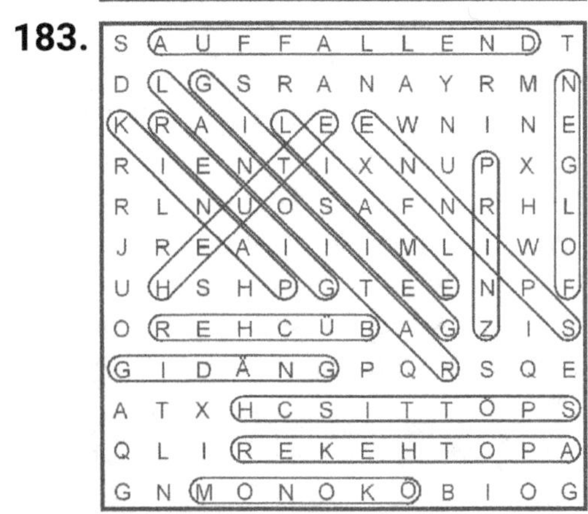

182.

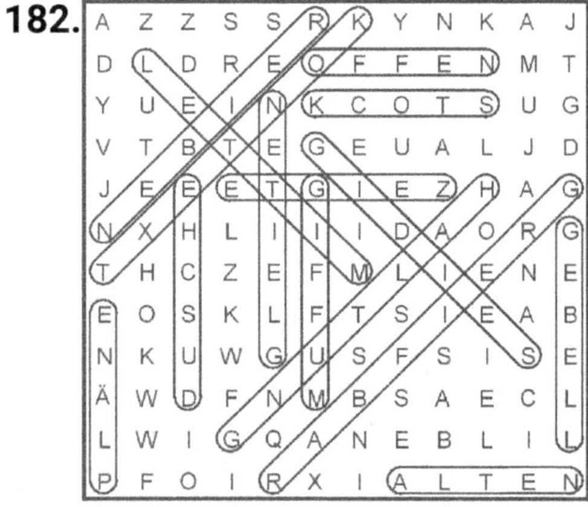

183.

184.

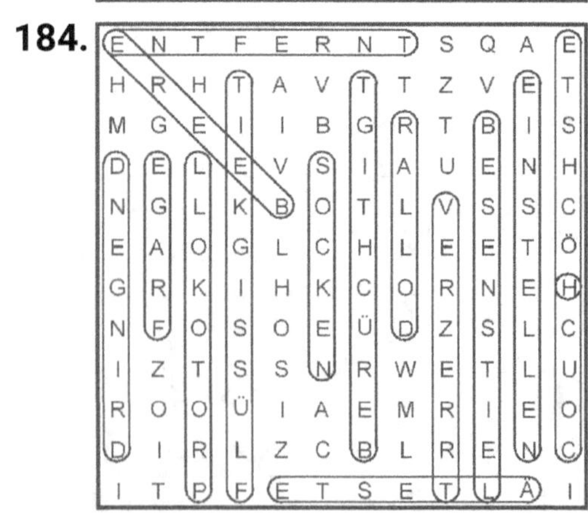

185.

L	L	S	F	L	A	N	I	D	R	A	K
B	E	A	K	A	N	E	K	I	Y	M	N
Y	E	T	M	V	D	R	L	E	B	E	I
H	M	L	Z	H	I	N	T	U	S	Q	E
L	E	C	E	T	C	K	A	S	Ä	T	G
H	A	U	I	G	E	O	A	T	T	S	L
K	H	S	T	J	T	P	N	E	S	A	O
E	C	B	B	E	N	X	K	I	I	S	K
H	B	O	M	A	K	I	T	S	A	L	P
V	S	T	A	T	I	S	T	I	K	E	R
Q	I	H	Ö	C	H	S	T	E	N	C	M
N	Q	A	R	O	M	A	T	I	S	C	H

186.

S	R	F	G	J	G	Y	D	N	A	T	S
E	K	R	R	E	P	R	I	V	A	T	U
M	W	U	E	C	H	I	Ö	M	F	N	U
Z	U	W	C	T	A	O	M	ß	V	W	L
O	M	B	H	L	L	E	R	O	E	T	E
O	O	A	T	Z	L	A	L	S	N	R	I
L	H	F	E	I	N	L	H	Ö	A	B	P
O	I	R	D	D	E	C	T	H	X	M	S
G	S	Ü	B	N	R	E	S	K	C	C	I
E	A	H	D	V	G	Ü	A	O	Z	U	E
I	A	E	V	I	H	F	W	X	V	F	B
N	T	R	S	E	T	B	E	I	L	E	G

187.

A	V	S	S	E	P	H	S	G	R	I	L
W	T	S	O	A	T	T	M	Ä	N	N	A
H	I	R	T	L	D	U	D	K	E	I	R
B	C	Z	O	U	G	N	N	S	N	L	O
L	G	I	F	W	E	R	H	I	E	A	M
W	N	O	L	G	T	C	O	F	M	B	L
L	E	E	E	H	A	N	A	S	O	R	M
O	H	L	X	W	Ö	T	A	S	N	U	O
Q	C	P	E	V	S	R	U	V	Ä	M	N
A	O	G	X	B	A	U	F	V	H	M	T
I	P	U	L	E	R	N	E	N	P	E	A
K	N	E	T	A	R	I	P	Y	I	N	G

188.

Y	M	O	S	C	H	A	T	Z	B	B	M
V	A	D	Z	M	P	M	D	J	E	B	B
P	R	O	D	U	K	T	I	V	L	I	E
E	V	T	U	W	B	N	O	Z	I	E	S
L	X	R	E	T	E	R	T	R	E	V	C
A	A	L	M	L	B	D	U	B	B	L	H
H	H	K	E	E	T	I	E	C	T	O	Ä
C	K	W	R	R	T	L	S	R	H	W	M
S	U	I	A	E	E	H	S	S	K	R	E
J	E	U	W	I	I	Z	O	A	I	T	N
R	B	I	B	M	D	S	E	D	N	G	D
E	P	T	K	A	I	S	E	R	E	S	O

189.

T	I	H	A	L	L	E	R	S	C	A	N
I	T	M	J	W	F	M	T	E	W	K	J
E	R	H	H	N	Z	I	H	T	R	M	Q
R	O	E	C	Z	U	C	B	E	U	K	Z
E	P	N	L	I	I	Q	I	T	A	G	R
B	F	E	W	L	D	S	L	T	U	I	A
L	E	G	D	H	F	O	K	Z	K	O	W
T	N	N	P	Ö	S	E	S	C	T	E	H
W	U	A	R	S	F	U	U	Q	C	J	C
R	R	M	L	R	A	R	A	B	R	O	S
G	I	I	E	T	D	R	E	T	S	Ä	G
G	N	P	I	R	E	H	C	U	S	E	B

190.

B	F	N	A	E	Z	O	Q	S	N	D	G
B	D	L	R	Z	A	S	V	M	E	O	H
Q	N	E	I	U	R	Y	E	I	F	L	G
U	E	B	V	N	E	E	R	V	U	L	E
L	R	A	H	E	K	S	S	M	A	P	H
A	E	G	C	C	R	L	I	U	L	A	Ö
M	I	N	R	H	S	E	C	R	F	O	R
I	T	A	U	J	U	N	H	T	F	S	T
X	I	D	D	T	Y	L	E	R	S	S	E
A	R	B	E	A	L	N	R	M	E	O	I
M	R	R	Z	C	K	Q	T	M	N	N	Q
P	I	I	B	E	I	G	E	I	U	F	Q

191.

L	I	T	B	U	S	S	E	T	T	I	B
I	G	A	G	L	O	C	K	E	N	H	X
M	E	E	X	E	N	E	Z	I	E	R	L
N	D	C	S	X	R	U	N	A	M	O	R
A	E	T	E	L	L	Ä	A	J	I	S	C
A	I	D	G	S	L	O	T	O	N	S	L
J	H	U	L	T	R	A	G	E	N	E	O
L	E	H	O	E	C	X	N	S	T	F	C
F	N	A	F	Z	H	N	S	S	Y	O	K
A	T	N	E	L	U	B	R	U	T	R	I
U	X	O	A	R	I	E	P	Z	M	P	G
B	N	O	B	C	G	K	J	M	A	I	J

192.

F	R	H	Q	L	S	L	S	P	V	W	R
N	O	V	S	X	A	G	T	R	Q	L	E
E	M	J	B	P	I	A	E	O	A	U	T
R	U	X	U	N	E	P	H	M	T	T	S
H	H	L	R	B	I	Z	T	I	R	R	I
A	J	O	L	D	E	E	I	N	E	E	W
F	D	O	E	H	Z	L	I	E	I	I	H
R	J	M	C	R	O	N	N	N	S	S	C
E	I	Z	Ü	K	J	S	U	T	Ü	S	S
E	J	T	A	A	E	E	Y	I	M	A	E
Y	S	B	I	U	Z	Y	N	A	A	P	G
A	N	S	I	C	H	T	E	N	N	I	C

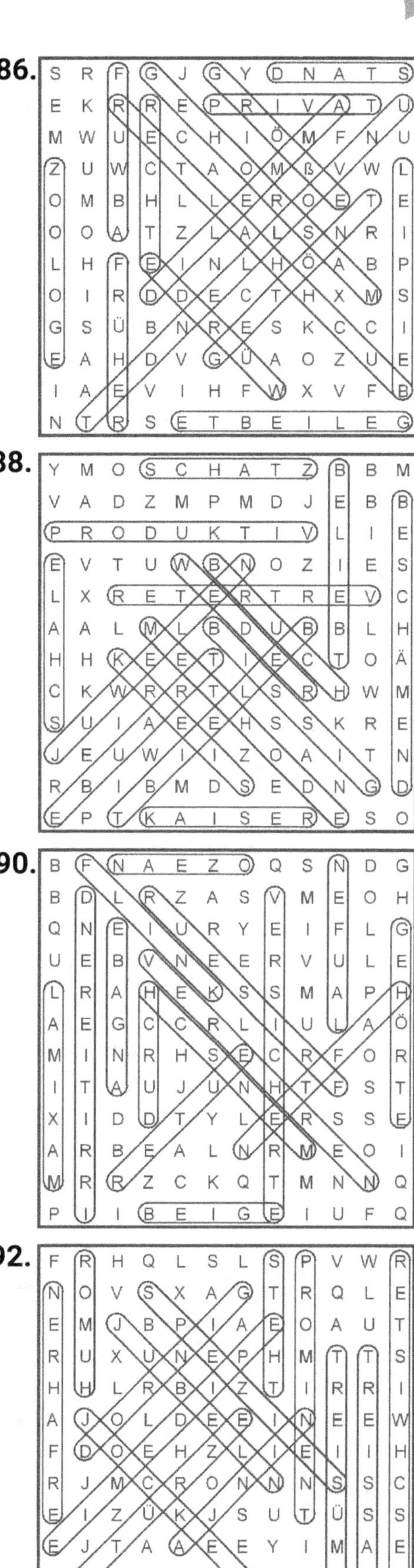

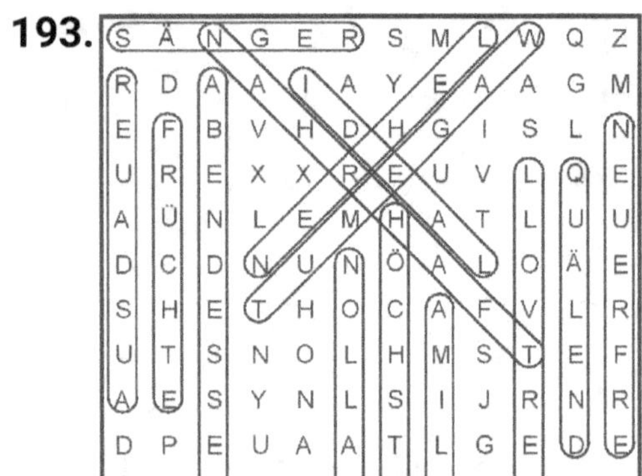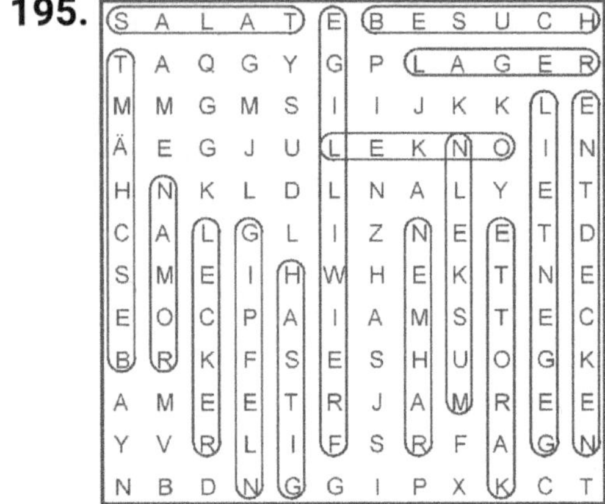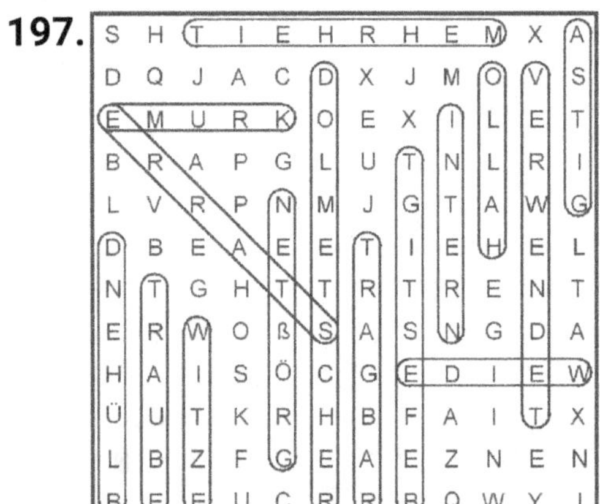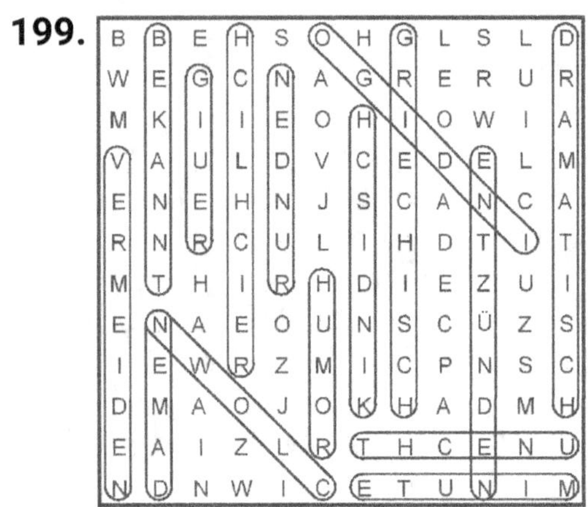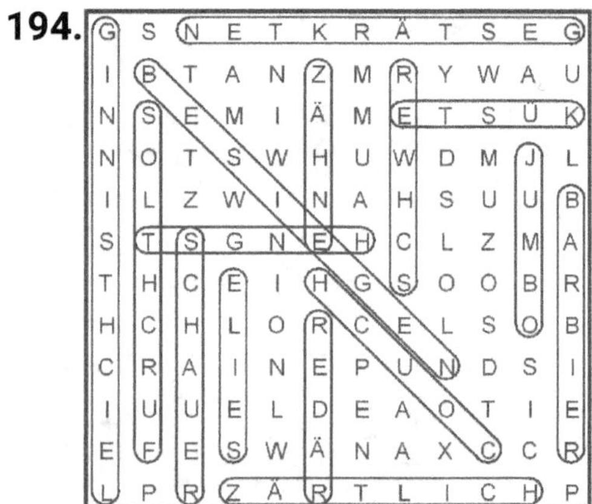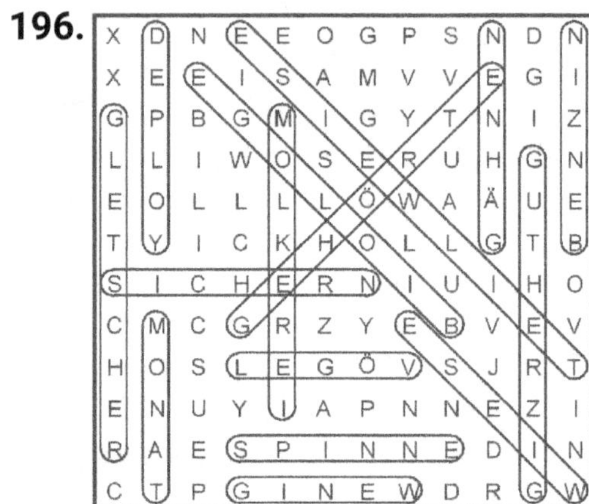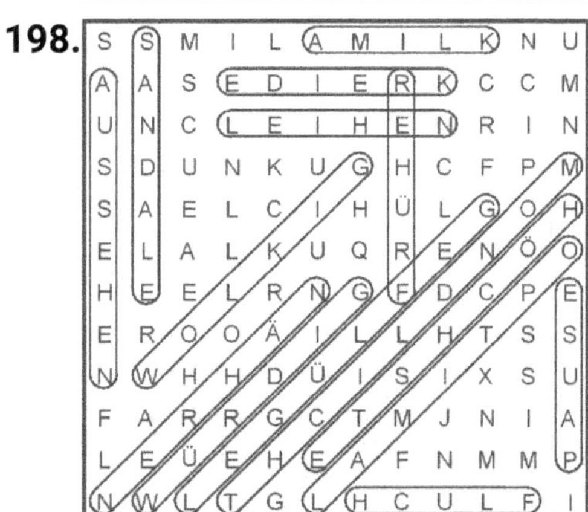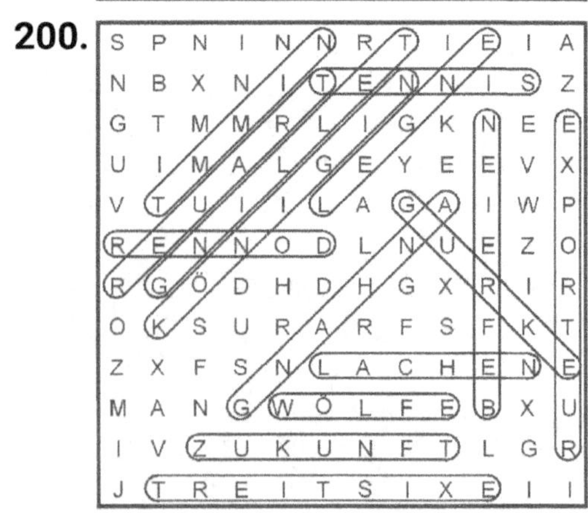